我们该以何种方式与传统对话

何同彬 著

中国书籍出版社
China Book Press

图书在版编目（CIP）数据

我们该以何种方式与传统对话 / 何同彬著 . -- 北京：中国书籍出版社 , 2022.4

ISBN 978-7-5068-8888-2

Ⅰ . ①我… Ⅱ . ①何… Ⅲ . ①中国文学—当代文学—文学评论—文集 Ⅳ . ① I206.7-53

中国版本图书馆 CIP 数据核字 (2022) 第 017958 号

我们该以何种方式与传统对话

何同彬　著

图书策划	成晓春　崔付建
责任编辑	武　斌
责任印制	孙马飞　马　芝
出版发行	中国书籍出版社
地　　址	北京市丰台区三路居路 97 号（邮编：100073）
电　　话	（010）52257143（总编室）　（010）52257140（发行部）
电子邮箱	eo@chinabp.com.cn
经　　销	全国新华书店
印　　刷	阳谷毕升印务有限公司
开　　本	650 毫米 ×940 毫米　1/16
字　　数	215 千字
印　　张	14.5
版　　次	2022 年 4 月第 1 版　　2022 年 4 月第 1 次印刷
书　　号	ISBN 978-7-5068-8888-2
定　　价	48.00 元

版权所有　翻印必究

目 录

【辑一 思潮与现象】

青年写作同质化：作为真问题的"伪命题" / 002
当代文学"关不关键"词（之一） / 007
漫谈当前"诗歌热"中的两种错误"依赖" / 015
作为病症的经典化焦虑
　　——关于网络文学能否出现经典的看法 / 020
"里下河文学"二题 / 024
退稿的时候，不妨再任性、刻薄一点…… / 031

【辑二 小说论】

圆满即匮乏
　　——阿来《云中记》管窥 / 036

小说的极限、准备与灾异
　　——关于《众生·迷宫》的题外话 / 049

《有生》与长篇小说的文体"尊严" / 063

静默与无名的"问题性"
　　——《我的名字叫王村》读札 / 072

世情、中年性与当代经验
　　——朱辉小说集《视线有多长》读札 / 083

关于"局部"作家曹寇 / 087

"人在最饥饿的时候会做什么？"
　　——关于孙频的《松林夜宴图》/ 092

生活的黑暗光束与小说的"现实性"
　　——由禹风的《鳄鱼别墅》想到的 / 097

天真的、感伤的，或"成为另外一个人"
　　——《月光宝盒》读札 / 107

物质的想象与现代主义的还魂记
　　——关于董启章的《天工开物·栩栩如真》／ 112
不要把小说写得那么"土"
　　——2018 小说阅读片语／ 118

【辑三　诗歌论】

关于胡弦诗歌的四个关键词／ 122
"结尾将走向开放或者戛然而止"／ 128
"时光之外，我应懂自己的游动"
　　——读王学芯诗集《间歇》／ 133

【辑四　文学对谈】

文学需不需要"抖"起来？／ 140
"后浪"与文学的抵达之谜／ 147
乘风破浪的"她们"，每天醒来都是一场战争／ 154
远行人，能否带我们"走出孤岛"？／ 161
我们该以何种方式与传统对话／ 169

"果实是盲目的,树木方能远望"
　　——关于当代翻译的对谈 / 178

关于"文学之都",我们知道的还远远不够 / 193

阅读,重新定义城市生活 / 201

"阅读"的发生,或中止
　　——关于《船讯》的一次"浅尝辄止"的对谈 / 208

辑
一

思潮与现象

青年写作同质化：作为真问题的"伪命题"

当前文坛盛行的"青年焦虑症"惯于操弄两种彼此矛盾的话语，一种是急切地表达对青年们的渴望、期许，竭尽全力扶持和赞赏青年们的写作，几乎到了忘乎所以、"饥不择食"的程度；另一种则经常习惯性地板起长者、权威的严肃面孔，或忧心忡忡、或"得意洋洋"地批评青年们的写作是虚弱的、同质化的，必须用更多元、更个性化的文学实践去避免同质化、对抗同质化云云。

其实，青年写作是否同质化并不重要，当所谓全球化给整个社会给当代文明、文化带来普遍性的同质化、同一性、单一性的焦虑的时候，青年写作表现出相应的倾向或局限，又有什么值得惊讶的呢？大约十年前，韩少功在上海的演讲中提到了某青年作家的"抄袭"事件，他并没有简单地批判这种"抄袭"现象，而是把"抄袭"延伸或者假设为"雷同"，并试图探究这种"雷同"的根源："我感兴趣的问题在于，即便不是存心抄袭，但不经意的'雷同''撞车'在一个个人化越来越受到重视的时代，为什么反而越来越多？"进而他提出了"同质化"的两层含义："作家们的生活在雷同，都中产阶级化了，过着美轮美奂的小日子……我们要在越来越雷同的生活里寻找独特的自我，是不是一个悖论?""人们的物质生活差距越来越大的时候,在社会阶层鸿沟越来越深的时候,人们的思想倒是越来越高度同一了:钱就是一切,利益就是一切,物质生活就是一切。这构成了同质化的另一层含义。"简而言之,韩少功所描述的现象就是,我们一方面急切地渴求创新、异质性、多元化、创造性,另一方面却又不可遏制地陷入同一性、同质化的困境,这样的悖论显然并不仅仅存在于青年写作领域,而是整个文学创作、文化生活中的普遍现象,且愈演愈烈。

当代中国文学,尤其是青年文学创作,在 1980 年代中后期曾经一度狂飙突进,在充分吸纳域外文学资源的背景之下,呈现出巨大的动态性和创造性,这样一种趋势虽然在进入 1990 年代之后一度降温、减弱,但是仍旧在审美实践上保持着对个人性、异质性和多元化的强烈渴求,以及对商品社会单一性文化倾向的顽强抵御。新世纪之后,文学逐渐进入了"常态化",1980 年代以降的文学实践几乎穷尽了所有创新、异质的可能,文化、思想的同一性也在消费社会、大众文化与意识形态的共谋中愈加突出,在这样一种宏大语境中,如果我们片面而狭隘的讨论新世纪以来、尤其是当下青年写作的同质化问题,无疑是简单、粗暴而无效的。难道我们的中年作家、老年作家、成名作家、成熟作家的写作没有明显的同质化吗?难道多元化、异质性、创新性、个人性是没有边界、没有尽头的吗?况且,客观上讲,当前青年写作的多元化、异质性的程度与 1980 年代、1990 年代相比,并没有明显的衰减,甚至说是有所提升和扩大。但文学权力、文学话语空间的多元化、异质性在新世纪之后却急剧收缩,经过相应单一的制度形态(比如学院、作协等)的规训、选择,那些能够进入批评视野的青年文学创作必定是经过筛选和"修正"的,也就必然是局部和狭窄的,而由此得出的同质化判断也就不会是客观、公正的。况且,当前我们的青年写作是一个生硬制造出的"生产性"范畴,"青年焦虑症"之下,成批成批的青年作家、作品被源源不断、争先恐后地推向"市场"、推向读者,泥沙俱下,良莠不齐,"同质化"甚至劣质化根本不可避免。所以说,即便青年写作有明显的同质化问题,那始作俑者也是其背后的盲目的文学机制和不负责任的文学推手们,或者进而言之,"同质化"作为一种文学症候如果在青年写作者那里是确凿无疑的,那这一同质化也不过是我们文化、制度自身的更强大、更顽固的同质化的必然产物。

回到本文开始的悖论,我所关心的并不是青年写作是否有同质化的问题,以及如何解决这一问题;相反,我关心的是这样一种话语及其正确性、正当性产生的机制,以及对青年写作、青年文化所造成的伤害。在这样一种话语生产机制中,蕴含着如下的逻辑:"青年"既是希望,也是问题,他们既要领受前辈或老年人的赞美,也要心悦诚服地面对他们的"指责"、教训和引导,而不需要、也不应该对此进行辩驳和质疑。这样的话语逻辑往往隐藏了最后的秘密、最本质的因果关系,即老年人、年长者才是青年人那些被前者揭示、批评的"病症"的制造者——尽管他们常常带着"正确"的"经验"的面具。在本雅明的《论经验》中,他认为青年人要与戴面具的成年人斗争,成年人戴的这个面具的名字叫"经验"(Erfahrung):"没有表情,无法看透,永远相同"。"他们可曾鼓励我们去追求新的事物,伟大的事物,属于未来的事物?并没有,因为这是不能被经验的。一切的意义,真的,善的,美的,都是在自身中确立的;我们能在那里有何经验?——而秘密正在这里：因为他从来没有抬头去看伟大的和有意义的事物。为此，经验成了庸人（Philister）的福音书"。"因为除了那庸俗的，那永远属于昨日的东西之外，没有什么能和他的内心相联系"；"因为如果他要进行批评，他就必须进行相应的创造。这是他不能做到的。"而鲁迅对于这一持有"经验"的"庸人"的态度要粗暴得多："问什么荆棘塞途的老路，寻什么乌烟瘴气的鸟导师！"

对于青年写作同质化这样一种"经验"而言，我们也必须警惕其背后那"庸俗"的、"永远属于昨日的东西"。其实，所谓对抗同质化的异质性、个人性、独特性、创新性等审美想象，也不过是一项1980年代的美学遗产，正确而空洞地指引着青年写作者的方向和"终极目标"，经常是徒劳地耗费着青年人的青春、热情和渴望。这样一种"经验"、一种规训，牢牢地把青年人拘囿在有关"文学"和"创新"的狭小疆域，追寻着"小小的孤独游戏"。媒介的巨大革新和信息时代的到来，早已深刻改变了旧有的文学观念，学者们反复提出"文学之死""小说之死"，或者宣称"阅读时代"已经走向尽头，"再生的神权时代将会充斥着声像文化"（布鲁姆），以及文学作品尤其是小说已经不可能再出现提供"新感受力"的典范之作（桑塔格），诸如此类的论调，常常被我们认为不过是"危言耸听"，或者仅仅作为一种也算正确的观点简单视之，而不能促使我们从根本上去审视旧有的文学观念的问题和局限，从更深刻、衰微的当代性中理解文学的功能和未来。事实上，当自认为更有文学经验的前辈们、长者们指出青年人写作的所谓问题时，往往是在有意无意地把青年人引向"庸俗"的老路，那些看起来正确的、必需的文学前景的描述，往往是轻佻的、无效的，只会陷入无意义的动情互喊、相互缠绕。

病症永远是病症，药方还是那些药方，文学话语借此反复滋生。陈旧的文学观念对应的是陈旧而强大的文学权力，他们只有拒绝反省、坚持成为本雅明所说的无精神之人(Geistlose)，才能牢固地维系和保有这样的权力，因此他们并不真的渴望异质性、渴望有反叛意愿的个人化，而是在想方设法抑制这些倾向的出现。

　　正是基于以上的原由，我把青年写作的同质化问题当作一个真的"问题"——包藏着复杂的文化症候，同时又是一个"伪命题"——仅仅局限在文学范畴中讨论是伪饰性的、没有意义的。而我们当前使用的文学话语中，类似的话语症候和伪饰还有很多……

当代文学"关不关键"词(之一)

统计学

统计是一种实现欲望的形式,就像众多梦想一样。

——波德里亚:《冷记忆1》

辛波斯卡在其一首糟糕的诗里嘲弄了"统计学",在她看来,人们无论以何种名目操弄或严肃或戏谑的数字游戏,最终都是"终需一死者"——"百分之一百的人。/ 此一数目迄今未曾改变"。但在一个工具理性主导的技术时代,每个人都不可避免地卷入一个数字型漩涡,在这一漩涡里,统计学经常以数字主人的面目出现,不断引诱和塑造着各种类型的主体。因此,罗兰·巴特所标记的主体差异——"我的身体和你的身体不同"——就不是非常确切了,似乎可以改为"我的数字与你的数字不同"。最终,一切对数字和统计学的嘲弄、抵抗都是徒劳的,辛波斯卡也很清楚,所以这首诗的题目叫做《对统计学的贡献》。

对于一个现代人而言,拒绝活在统计学的梦魇里几乎是不可能的,这比拒绝工作还要匪夷所思,甚至于你可以拒绝活着,但你拒绝不了统计学。比如作为大学老师的我,每到年末领取绩效工资，或者需要评职称、申请项目、评奖的时候，都需要填写大量的表格，这些表格最终都可以简化为统计数据。比如发表了多少文章，其中多少是核心；申请到多少项目，国家级的，还是教育部、省级的；获得什么奖项，什么级别的……与此相应的是我银行卡上的另一组数字，为了显现科学性和公正性，它们经常随着统计标准的变化而发生极其细微的波动。

我的一位同样在大学教授文学的朋友被无休无止的表格和统计数据折磨疯了，他认为统计和量化是对人和艺术的羞辱，然后辞职与他人合开了一家教育培训机构，结果当然是预料中的——他将面对更多的表格和统计数据。这一切不过是一座监狱与另一座监狱的区别，世界上总是不间断地出现可爱又"愚蠢"的理想主义者，等着被统计学戏弄。

文学深陷统计学的灾难很难被定义为"丑闻"，既然一切都要在生产和消费的层面上考量，那在科学管理和提高效率的资本逻辑之中，把文学和文学主体数字化，并把后者的"工作态身体"调整到一个"理想"的境界将是再自然不过的。很久很久以前，雅斯贝斯就宣告，技术和机器已经成为群众生活的决定因素，其核心价值是生产和分配的合理化，这一合理化的实现不是依据于"本能与欲望"，而是依据于"知识与计算"。况且，就像波德里亚所说的，统计是一种实现欲望的形式，绝大多数个体都渴望得到统计数据形成的合理化的优越位置，因此它就与我们这个时代各式各样的"成功"哲学同谋共谮，诱惑主体走向它设置的囚笼。

比如，绝大多数的作家都无法摆脱统计学的引诱，看看他们的简介或者"传记"就会明白，完全被一种或含混或精确的数字化、表格化的统计思维控制着，身份的确立和认同完全依赖于等级不一的统计标准；同样，统计学的引诱也即统计学的囚禁，作家们的焦虑和痛苦也往往与各种形式的统计数据密切关联，因为没有理想的统计数据，就没有作家们希冀的虚荣和功利。当然，学院学者就更是如此，在大学变成彻头彻尾的"公司"之后，他们就蜕化为学术生产者，在量化模式下，一切不能数字化的、超越于职业范畴之上的价值都是无效的，所谓学问因此不过是知识的一些极其封闭和丑陋的"简单再生产"，在它们身上寄托任何高贵和智慧的假想都将是愚蠢的。

在统计学形成的存在论里，人将消失，而数字立于不败之地，因为人早已经被规训为数字。而此时的数字，已经不是毕达哥拉斯（万物皆数）、柏拉图（造物主是数学家）、伽利略（宇宙是一部以数学语言写成的巨作）眼里那个形而上的、本体论色彩的数字，它服膺于资本主义的统计思维，变成了"葛朗台"、马克思、"吴荪甫"、比尔·盖茨、巴特勒眼里的数字。这一切似乎难以抗拒，就像弗洛姆所说的："人创造了种种新的、更好的方法征服自然，但却陷入这些方法的罗网之中，并最终失去了赋予这些方法以意义的人自己。人征服了自然，却成为自己所创造的机器的奴隶。"比如，如果在统计学的范畴内谈论文学是奢谈、妄谈，意味着腐朽和堕落，那不在统计学的范畴内谈论文学呢？文学将消失，这和人的消失保持着高度的一致性。

威尔斯（H.G.WELLS）多年前宣称："统计思维总有一天会像读与写一样成为一个有效率公民的必备能力。"在一个全民拜金的大时代，这一预言已经空前地实现了，我们的作家、艺术家们也早已和商人、政客一样，学会在睡觉前摘下面具，统计一下银行卡上的余额，然后做个好梦。

据统计……

演员

在我看来，所有的爱都是如此真诚的浅薄。我总是成为一个演员，而且是一个好演员。我在任何时候的爱都是装出来的爱，甚至对于我自己也是一样。

——佩索阿《伪爱》

电视剧《潜伏》当中有一句台词：乱世就是舞台。中国还有一句俗话：人生如戏。所以，对于一个坚持活下去的成年人来说，不用像《喜剧之王》中的尹天仇那样，随身带着斯坦尼斯拉夫斯基的《演员的自我修养》，因为我们的演技与"生"俱来，大时代是我们无法回避的舞台，而演员则是我们人生的必修课。

"假象如何变成真实。——演员即使在最深的痛苦中，也不会最终停止考虑他的角色给人的印象和总体戏剧效果，例如甚至在他孩子的葬礼上，他将作为他自己的观众，为他自己的痛苦及其表达哭泣。总是扮演同一角色的伪君子，最终不再是伪君子；例如神甫，他们年轻时通常有意无意地是伪君子，但是他们最终变得很自然，那时候便真正是神甫了，没有任何矫揉造作；或者父辈没有走得那么远，那么利用了优势的子辈也许就继承了父辈的习惯。如果一个人长期地、顽固地想要显得是某种人，那他就很难是另一种人。几乎每一个人的职业，甚至艺术家的职业，都是以伪善、以一种外部的模仿、以对有效之物的复制开始的。总是戴着一副友好表情面具的人，最终会获得一种支配权来支配友好情绪，没有这种情绪，友谊的表达就不能实现——而最终这种情绪又支配了他,他就是友好的了。"可怜的尼采总是这么清醒、洞明,以至于被过多的真相逼疯,而这也从相反的方向证明他的确不是一位好演员,尤其和他曾经的"恩师"相比。

当欧洲人为瓦格纳的音乐神魂颠倒的时候,尼采早已从他昔日的"教父"苦心经营的骗局中挣扎出来了,在他眼里,瓦格纳始终是一个传达颓废和懦弱的演员,"一个无可比拟的演员,最伟大的小丑。"但一个多世纪过去了,拜罗伊特音乐节依旧红红火火,《尼伯龙根的指环》还是让那些崇拜艺术的人们迷狂,而尼采的疯话还有多少人记得呢?正如卢多维奇的敏锐判断:"他(瓦格纳)在他那个时代和我们这个时代取得的成功都归因于现代社会在呼唤演员、魔法师、蛊惑者和空想家,即那些能够掩盖普遍的虚弱和不健康,能够以提升和麻醉的方式给人以满足的人。"2013年5月,瓦格纳诞辰日后不久,英国《卫报》发表过一篇名为《一种叫做理查德的疾病?——瓦格纳威胁心理健康》的文章。文中指出,"在瓦格纳还生存的时代里,这位作曲家就被认为是忧郁、歇斯底里、催眠,甚至引发性高潮危险刺激音乐的缔造者。而在今天,瓦格纳的余威依然没有放过那些敏感的神经。"事实上没有那么多艺术上"敏感的神经",更多的是想享受瓦格纳式的"功名利禄"的"演员",所以有一个庞大的症候群患有如下类似的病症:"一种叫做艺术的疾病"。

不过说白了,演员又何苦难为演员呢,试想自己不也在"真诚"地表演吗?此时想起我喜爱的钢琴家里赫特(Sviatoslav Richter)的"遗言":

我讨厌我自己,就是这些。

> 世故
>
> 人世间真是难处的地方,说一个人"不通世故",固然不是好话,但说他"深于世故"也不是好话。"世故"似乎也像"革命之不可不革,而亦不可太革"一样,不可不通,而亦不可太通的。
>
> ——鲁迅《世故三昧》

"她可以变成好人的","格格不入"说,"要是每分钟都有人对她开枪的话"。

在"邪恶"的奥康纳的短篇小说《好人难寻》的结尾,"格格不入"杀死了那个喋喋不休的老太太,然后说出了这样一句意味深长的话。

那位可怜的老太太显然不是一个恶人,而且在普通人眼里她很可能算得上一个"好人",但她并不可爱,她那些关于宗教和日常生活的客套话让我厌憎和愤怒。当她说出"哎呀!你是我的儿呢,你是我的亲儿"时,我固然不会像"格格不入"那样"像是被蛇咬了似的向后一跃",然后开枪打死她,但也至少会被"恶心"得落荒而逃。

有人乐观地把老太太临死前的这句话描述为顿悟和觉醒的"天惠时刻"(Moment of Grace),我实在不能苟同,这个"可恶的"老太太最后想以一种宽恕和友善的假象求生,但"格格不入"是一个清醒的"恶人",他本能地拒绝了。

在"格格不入"或者在奥康纳的内心到底有没有一个关于"好人"的标准?小说中没有交代,但他认为老太太要想成为好人,必须"每分钟都有人对她开枪"。也许,开枪的时刻如同末日审判的时刻,在那一瞬间人被迫"思考",人性也得以暂时从平庸、麻木的世故之恶中脱身,由此才有可能成为一个"好人"。

但"好人难寻",因为人们有意识地避免遭遇"开枪的时刻",宁愿活在无处不在的世故之中。所以,奥康纳才被称之为"邪恶",就像那个谁都不宽恕的鲁迅被认为偏执、狭隘一样。他们都是"较真"的人,宁愿以不友善的恶相冷眼面对由世故豢养的伪善。

阿伦特在《艾希曼在耶路撒冷》中提出过"恶的平庸性",后来在《思考与道德关切——致 W.H. 奥登》一文中做了进一步的思考和阐发。阿伦特发现艾希曼作为一个"罪犯"有一种"异乎寻常的浅薄",深陷"一种不能思考的奇特状况",由此她得出结论:"陈词滥调、日常话语和循规蹈矩有一种众所周知地把我们隔离于现实的作用,即隔离于所有事件和事实由于其存在而使我们思考它们的要求。倘若我们时时对这些要求保持回应,那我们马上就会疲惫不堪,而艾希曼的不同只在于他对此要求分明是毫不知悉。"

世故是中庸之道的一种畸变,显现着人们在当前的大时代的政治怯懦和世俗虚荣,或者说,物质的力量在空前地压制着昂扬向上的精神向度,诱惑我们做一群浅薄且拒绝思考和反省的猪;文化水平和文化素养的提高,形成的不是一个对共同体的前途负有责任感和实践勇气的群体,而是一群精致的知识主义者和享乐主义者。一团和气、饱含功利的世故让文化变得浑浊,让一切是非失去泾渭分明的界限,让一切抗拒变得可疑,甚至可笑。如果文学或者艺术有什么必须要克服的障碍的话,在我看来,这个首要的障碍就是世故。

但混迹在文坛的各色人等,有谁能避免这种世故呢?看看,那些越成功、名气越大的人就越世故,越不可能是"格格不入",

而更可能是不会有人当胸开枪的"老太太"、浅薄且拒绝思考的"艾希曼"。这就是鲁迅所说的"中国处世法的精义中的精义":"世故"深到不自觉其"深于世故",这才真是"深于世故"的了。结果,举目四望,你竟然很难发现一个真正意义上的恶人,到处都是和善的、宽厚的"好人"面孔,而他们却在制造着最让人无法忍受的平庸之恶、世故之恶。

　　一日,昏昏入睡,依稀看到前方有一蔼然长者微笑着向我走来,他温厚的手掌抚摸着我的肩头,动情地对我说:"哎呀!你是我的儿呢,你是我的亲儿!"我像是被蛇咬了似的向后一跃,当胸冲他开了三枪。然后我的胸口多出一个骇人的血洞,长者仍旧微笑着,和善而友好地看着我倒在地上……

漫谈当前"诗歌热"中的两种错误"依赖"

近些年经久不衰的"诗歌热"已经成为一个重要的、复杂的文体现象和文化现象，从积极的一面来看，"21世纪以来，中国诗歌发生了较为深刻和明显的历史转型，其重要标志就是它在创生着丰富多彩和充满活力的诗歌文化"（何言宏）；而从消极的一面来看，这一日益升温的"诗歌热"已然呈现出让人忧虑的"病态"："众多'诗人'在各种热闹的场合狂欢，集体性地患上了这个时代特有的'热病'"（霍俊明）。到底是繁荣，还是"虚热"；是活力无限，还是欲求不满的"躁动"，其实每一个真正热爱诗歌的人都不难得出合理、恰当的结论。文学史告诉我们，文学在任何时代所生发的任何形态的"热"，都在激发能量的同时饱含着各种"危机"，当下的"诗歌热"尤其如此。如果"诗歌热"依靠的是系统、理性的诗歌教育，是严肃而诚恳的诗歌阅读，以及相应的文学体制对文体发展恰当和适度的引导，那这样的"热"无疑是我们期待和乐观其成的。但如果相反，"诗歌热"建立在诗人、评论家和相关机构的无节制的功利性之上，建立在对文艺繁荣、诗歌繁荣的相关政策的有意曲解和投机之上，那这一"热"对诗歌生态的消极影响将会是深远而可怕的。笔者之所以对于"诗歌热"饱含质疑，主要着眼于它的两种非常显著且日益严重的错误"依赖"。

一、"活动"依赖

这里的诗歌"活动"不是指艾布拉姆斯所说的，世界、艺术家、作品和读者四者共同构成的那种广义的文学活动，而是指一种狭义的、社交化的、"事件化"的文学活动，这一类型的诗歌活动日益密集、多到不可理喻。比如座谈会、研讨会、采风、诗歌节、诗歌奖、颁奖会、朗诵会，也包括诗集、诗选、年选、新书发布会、分享会、签售会等出版性活动，乃至一些充分娱乐化了的诗歌活动。从文体比较的角度来看，可以说，诗歌活动比其他所有文体的活动加起来的总数还要多得多。泛滥的、密集的、低劣的诗歌活动（或诗歌事件）越来越成为一种纯粹的生产性行为、展示性行为、传播性行为、表演性行为，而不是诗歌公众真正需要的那种严肃的诗歌行为、文学行为。因为在这个过程中，诗人（包括诗歌评论家、相关学者和文学官员）和诗歌都被过度扭曲了。诗人们广泛地患有无法治愈的社交依赖症，不是在参加诗歌活动，就是在去参加诗歌活动的路上；参加活动的规格和密度成为衡量一个诗人、评论家的权威性和知名度的重要依据，也是他们赖以形成必要的自我认同的虚妄的凭证。在频繁而密集地参与诗歌活动的过程中，诗人和专家们既充分地享受了"钱规则"的红利，也在虚荣心、权力欲方面得到了极大的满足，自恋、自我膨胀、疯狂的表演欲和恶俗的出风头的习性无节制地蔓延，出现了一大批诗歌越写越差，奖项却越得越多、谈论诗歌的能力越来越"强"

的诗人。同时，诗人与掮客、演员、流行歌手和网红之间的区别越来越小。而诗歌在这一过程中变得无足轻重，不过是一个"工具"：社交工具和牟利工具。为了适应各种诗歌活动中空间、媒介和公众，对于传播、展示、表演、朗诵等形形色色的资本化、世俗化、意识形态化的需求，诗歌的形式和美学被不断"筛选""修正"，甚至被粗暴地"肢解""扭曲"，变得更"通俗易懂""喜闻乐见"……对于这样狂热的、非理性的"活动"依赖，有识之士也曾提出过质疑和批评，但是由于诗歌活动最终往往能够实现诗人、学者、地方政府、文学机构、媒体、读者等所谓的多方"共赢"，以至于"活动"之风不但未曾理性降温，反而愈演愈烈，根本得不到有效地遏制。

二、媒介依赖

媒介依赖实际上是"活动"依赖在新的媒体思维上的延伸，因此这里要谈的媒介主要还是新媒体、自媒体，尤其是微博、微信等，也包括电视等传统媒体相应的诗歌传播活动。新媒体、自媒体到底何种程度上推动了所谓诗歌的"回暖"，看看热闹、"饱满"的微信朋友圈、公众号、订阅号、诗歌群就一目了然了，强大的媒介功能凭借绝对解放的速度和没有边界的信息容量，进一步扩大和膨胀了诗歌、诗人的社交性和功利性，为传播而传播，为点赞而点赞，为转发而转发，我们必须理性厘清媒介与内容或者说与诗歌之间的现实关系，才能恰当、适度地利用媒介：

1.麦克卢汉说，"媒介即信息"。在他看来，媒介本身就是最本质的信息。从长远的角度看，真正有意义的信息并不是各个时代的媒介所提供给人们的内容，而是媒介本身；真正带来改变的正是媒介本身的出现，而不是其中传递的内容信息；媒介影响了我们理解和思考的习惯，改变了我们认知世界、感受世界和以行为影响世界的方式。所以我们说，"互联网改变生活"，其实并不是"互联网内容改变生活"，而是互联网这一媒介形式改变了我们的生活。从媒介的本质层面上看，马云、马化腾的理想是给这个世界带来新的产品、新的物品吗？不是，淘宝、阿里巴巴、QQ、微信本身作为形式已经足够了，它们颠覆性地改变了人与物品、人与物质世界之间的传统关系。因此，诗歌、诗人参与和利用新的媒介，不要妄想是媒介在为诗歌、诗人服务，恰恰相反，是诗歌、诗人在服务和顺从于媒介，或者沦为证明新的媒介的有效性的无用信息。新媒体、自媒体是一场并非为诗人、诗歌准备的盛宴，热烈而盲目地参与，不但不能让诗歌、诗人受益，反而会加速它们的衰微。因此，目前诗歌场域对于新媒体和自媒体的过度依赖和过度信任，实际上是饮鸩止渴，结果势必是南辕北辙、得不偿失的。对于订阅数、点击量、阅读量等"数字"的渴望和敏感，充满了悲凉的滑稽感，不过是一种非理性的自我麻醉和自我慰藉。

2. 麦克卢汉还说过，"媒介是人的延伸，产生关于人的新的尺度"。诗人广泛而积极地参与了新媒体，那这样一种新的媒介形式有没有催生关于诗歌艺术和诗人的新的尺度呢？其实大众文化、网络文化的确催生了一些新的诗歌形态，也动摇了人们关于诗歌、诗人的传统观念，但这种新变并没能生产有效的、合法化的"尺度"。在新媒体的诗歌语境中，诗人、专家、读者们还在用旧的诗歌观念、美学尺度来衡量和评判新媒体产生的诗歌现象，或者奢望新媒体去推广前媒介、第一媒介时代形成的文学观念当中的"诗歌",这种错位导致大量无效的话语被滋生出来。按照美国学者波斯特的理论,在第二媒介时代,精英的文化权力分散了、瓦解了,交流变为双向的、去中心化的交流,文化呈现为大众无目的的狂欢。诗歌、诗人参与新媒体还在奢望像第一媒介时代那样,告诉公众什么是好诗、什么是经典,应该怎样阅读、理解和评判诗歌,这样的妄念在第二媒介时代或新媒体时代无疑既根深蒂固又滑稽可笑。所以,新媒体时代的诗歌乱象的很多表征都是来源于尺度的错位,这样的错位导致诗人和诗歌的大量的无意义的耗散,也从相反的层面上制造了诗歌的"虚热"。

适逢新诗百年,新诗的合法性及其在严肃、理性的诗歌教育、审美接受方面的迫切要求,在这样一种错误依赖形成的扭曲的"诗歌热"中,不但不能得到有效地解决,反而引发了更多对新诗的误解和"歧视"。因此,曾经反复主张的"减速"和"降温"仍旧需要被重新严肃地面对,也许此时重温苏珊·桑塔格有关"静默"之美学的思考,可以帮助我们从目前"诗歌热"形成的随波逐流、趋新骛奇的误区中走出来:"只要艺术家是严肃的,他总是会不断被诱使中断与观众的对话。现代艺术不知疲倦地追求'新'与/或'深奥',其突出的主题就对交流的勉强和对与观众接触的犹豫不决,静默正是这一心态的最深远的延伸。静默是艺术家最为与众不同的姿态:借由静默,他将自己从尘世的奴役中解放出来,不再面对自己作品的赞助商、客户、消费者、对手、仲裁人和曲解者。"

作为病症的经典化焦虑
——关于网络文学能否出现经典的看法

套用那个和卡佛有关的句式：当我们在谈论网络文学经典问题的时候，我们在谈论什么？或者，在谈论这一问题之前，也许我们需要解决的更主要的问题是：当我们在谈论经典的时候，我们在谈论什么？《红楼梦》应该算是经典了，可我在课堂上问过我的学生，遗憾的是他们其中百分之九十没有通读过哪怕一遍《红楼梦》；莫言在获得诺贝尔文学奖之后，其经典地位更加牢固了，但在中国真正读过莫言作品的普通读者恐怕寥寥无几，即便是一些中文系的学生，也往往只是简单翻看过《红高粱》。布鲁姆在研究"西方正典"的时候有一个"哀伤的结语"："也许阅读的年代，如贵族时代、民主时代和混乱时代，现在都已经到了尽头，再生的神权时代将会充斥着声像文化。"在一个强调碎片化、感官刺激、物质性、瞬间性和易逝性的"声像文化"时代，我们总是喋喋不休地、固执地讨论所谓的文学经典问题，实在是有些不合时宜了。

不合时宜，并不影响人们讨论这些问题的热情，与此相似的问题还有：文学死了吗？小说死了吗？诗歌边缘化了吗？余秀华的诗到底值不值得读？周啸天应不应该得鲁迅文学奖？……文坛之所以看起来总是很热闹，和我们在讨论不可能有结果的问题时的那种莫名的热情有关，每次讨论最后都是不了了之，没有结果，也不可能有结果。譬如经典的问题，且不说那个和宗教有关的经典概念，就是一般意义上的"文学经典"也只能算作一种想象的"共同体"或"共同感"，很显然，在一个越来越熟悉和依赖微阅读和快餐文化的时代，"经典"是一个不能承受之重的概念；往往只存在于海登·怀特意义上的叙事的梦幻中，而很难在"共同感"的意味上加以感受和描述，就像阿伦特所说的："在当今时代，共同感的消失是时代危机的最确切标志。在每一场危机中，世界的一部分塌陷了，为我们所有人共有的某些东西毁灭了。"

再回到网络文学的问题上来。我应该不是一个讨论这一问题的合适的人选，原因在于我几乎很少关注所谓的网络文学（曾经受某刊物之邀，做过一段时间的网络诗歌的观察，但很快中断了），作为局外人，关于网络文学我听到的主要是与财富和资本有关的话题，因此我可能无法避免在讨论网络文学的时候陷入一叶障目的偏执，甚至偏见。就我个人对网络空间的理解而言，经典这样一个强调时间性的概念是无法和网络、网络文学联系在一起的，其中的悖谬和那些印上"网络文学"的纸质选本、出版物一样，模棱两可、不伦不类。网络空间是列斐伏尔所谓的"可计算的空间"，本质上是商品化的，服从于资本主义的商品逻辑，引发的是空间的"碎片化"和"同质化"，而依托于网络空间的网络文学很自然要受制于这样一个彻底商品化的空间，很难与我们习惯使用的经典概念建立联系。况且按照列斐伏尔的观点，现代社会时间在消失，它被孤立在钟表和测量仪器上，而空间在急剧强化，形成对时间的绝对优势。因此把经典这种时间维度上的概念强行嫁接在网络空间中，是很荒诞的，也是毫无意义的。多年之后，我们如果坐在一起讨论哪些网络文学作品是经典作品，哪些网络作家是经典作家，将是一件很滑稽的事情。因为网络作家们并不关心或者也不奢望自己的作品能成为所谓的经典，而那些网络文学的读者们也不可能像对待曹雪芹、卡尔维诺那样对待唐家三少、南派三叔、我吃西红柿，网络文学的本质逻辑是商品、消费、商品、消费……如果强行把网络文学拉入经典化机制中考量，那就本质上溢出了网络文学的边界，进入了一个以文学史为基本思维的学术化机制和文学制度中，然后网络文学就和其他文学形态一样，进入了包括教育、大学师资、文学批评、学术圈、核心刊物编辑、作家协会、重要文学奖等机构相关的制度的场域中，那网络文学经典化的问题也就等同于当代文学经典化的问题了。

"马尔萨斯式的过剩应该是经典焦虑的真正缘由。"（布鲁姆）在一个显而易见的"去经典化"的时代，我们的经典化焦虑的确与一种文学生产的过剩有关，面对由海量的文学文本构成的历史的废墟景观，我们急于赋予这样一种生产以价值和意义，就不得不焦急地启动已经失效的经典化机制，从知识话语和学术生产的层面上制造经典。而网络文学所面对的"马尔萨斯式的过剩"尤其明显，那因此有着某种程度的经典化焦虑也是理所应当的。但这一焦虑和其他的经典化焦虑一样，不可能真正推动产生拥有共同感基础的经典，最多是类似特里·伊格尔顿所讽刺的结果：好消息是，批评家永远都不会失业；坏消息则是，我们永远无法确切知道我们在讨论什么，因为未来可能会产生出关于经典的一个新版本，它取消或者拒绝我们自己生产的那些版本。因此，经典化焦虑和相关的经典话语不过是这样一个一味强调生产和消费的时代的普通病症，它最终的结果就是前文所述的生产，藉此滋生各种"厚描"式的文学话语，反过来继续服务于这种生产。最后仍然回到最初的问题：当我们在谈论网络文学经典问题的时候，我们在谈论什么？答曰：我们在谈论。

"里下河文学"二题

地域主义视野的困境与重塑

作为一个典型的文学地域主义概念,"里下河文学流派"被提出、阐释、传播的过程,看似理所当然、水到渠成,其实,作为一种与文学史、文学批评话语传统、话语惯性相关的观念构筑,它内部天然地隐含着非常复杂的矛盾性。无论创作还是相关研究,目前对其复杂性的揭示似乎还不够。虽然已经有很多优秀的学者,针对"里下河文学流派"及其代表性的作家、作品,做过一些多元化的、有效的研究和阐释,但我个人认为,关于"里下河文学流派"的有关讨论应该正视以下几种难以回避的问题:

第一,在经由"里下河文学流派"这样一个文学地理学的视野考察相关作家的创作时,所使用的理论范畴、美学观念和历史性维度,几乎都是文学史、文学批评固有的、约定俗成的,这就导致这样一个相对较新的概念的特殊性无法凸显,其内部的文化肌理的复杂性以及引发的多样的美学景观,尚需要更新颖的、更具当下意识的视角来开掘和呈现。尤其针对地域主义、地方性、民间、古典、传统等文化、美学的诸多范畴，在剧变的当下受到文化同一性、同质化倾向的威胁，所出现的裂变、消散甚至消解的危险，虽然已经在很多作家（包括在乡的写作和离乡的流动的主体的写作及其相应的镜像）及其创作中引发了一系列非常重要的变化，但我们针对这些最具当下性、当代性的变化的研究呈现还很不够。

第二，无论是创作还是研究，"里下河文学流派"都应该警惕文学地域主义美学的简单化倾向（比如机械呈现地方性色彩、地方文化心理、文化怀旧、现代化创伤、主流叙事等），不能用地域主义作茧自缚、先入为主，切忌使地方性、地方色彩等符号化叙事成为平庸的、重复性写作的护身符。这种看法其实并不是舍弃所有具备地方性因素的写作的价值，而是对这一类型的写作提出了更加复杂化、精微化的新要求，以免过多地受到地方性的拘囿和限制。

第三，"里下河文学流派"等地域文学流派的描述不能过度强调"大作家"、经典作家的代表性，或者概念化地强调其写作表征化的地方性，而应当呈现地域文学生态和文学主体的更加多元化的面向，及相关创作溢出"地方性""地域性"范畴的路径、可能性和有益的启示。比如晓华、汪政在《里下河文学的多样性与阐释空间》中调整理论姿态，从田野调查的角度，突破了"大作家"和单一文体（小说）的局限，提出并强调了"业余写作者"和"潜在写作者"对于构筑和维护"里下河文学"的重要性。这与何平所说的"数量可观的'文学无名者'"是一致的："我需要正视的恰恰是这些'业余'的地方性写作者之于其个人的精神建构，之于地方文化建设，之于整个中国当代文学格局的意义。"

(《"里下河文学流派":传统再造和文学空间的生产》)

第四,面对"里下河文学流派"不可避免的"经典化"形成的阴影,所谓"业余"写作者(或潜在写作者)和新的代际写作者应该有勇气培育布鲁姆针对"强者诗人"所提出的"影响的焦虑",用充满野心的写作实践去修正、颠覆前辈写作者或经典作品形成的固定化的"地方性",而不是匍匐在前辈写作者的阴影中畏葸不前,或一味重申经典作品的不可超越性,从而习惯性地把自己安置在固有的地方性美学秩序中。尽管像庞羽、周端端等"90后"的写作者已经崭露头角,并且有了更具活力和当下性因素的异质性文学呈现,但对她们来说,如何在表达局部的地方性阵痛的同时,兼顾独特的个人性和普泛的时代性,仍然需要更艰巨的探索和努力。

第五,"里下河文学流派"是一个历史范畴,其社会学和美学根基来自于20世纪80年代,其所谓的传统性和相应的辉煌基本无法再现和复制,与其相关的基层的文学氛围、文化多样性和文学主体视野的深度、宽度和广度,都在呈现一种不可遏制的衰微态势(文学权力过度集中的后果),地方性写作的危机正在消解文学地域主义的理念。因此,对于"里下河文学流派"而言,激励和扶持是比历史性回顾、研究和颂扬更重要的态度,但已有的经验教训告诫我们,应当避免让激励和扶持成为一种抑制性因素,一种对故步自封的美学和权力秩序的强化(即扶持和激励要有必要的尺度和价值判定,不能为扶持而扶持)。比如所谓的"潜在写作者""地方性写作者"和"文学无名者"的丰富性和普遍性,在当下乃至未来的一二十年还会不会存在?如果这样的文学根基、文学土壤在衰败,甚或消失了,那"里下河文学流派"的未来如何维系？比如当下文学场域中经由奖励、签约、培训等多种方式进行的扶持和激励行为，是否具备充分的有效性和可持续性？尤其在针对新的代际写作所引发的"青年焦虑"中，是否存在很多拔苗助长的现象？这些疑问和忧虑并非杞人忧天，而是关乎"里下河文学流派"是否可以延续繁荣的一些至关重要的问题。

当然，对"里下河文学流派"面临的困境的呈现不是最终取消地域主义、地方性写作的合法性和可能性，而是从文学无法回避的逐渐衰微的当代性的角度，对这种写作未来将要面临的挑战的提醒，以及相应的探索路径和向度的一种启示。众所周知，对文学地域主义或地方性写作带来最大威胁的恰恰是生产它的全球化、现代性，后者是地域主义视野的激励者和终结者。因此，作为20世纪80年代美学遗产和理论遗产的"里下河文学流派"这一理论范畴，必须尽快建构自身成熟的当代性、当下性美学，而不是停留在乡土文学的陈旧秩序中。当下及未来文学的肉身主要是城市化的，而城市化是单一的、同质性的，地方性在与城市化对峙的过程中，也构筑出一个与单一化空间和美学形成复杂张力的美学地带，其可挖掘和呈现的可能性已经在现代主义的发展中被验证过了。地方性既是历史的，也是当下的，对中国地方性写作而言，它是可生长的、可重塑的。怎样把地方性的陈旧的、固定化的语言外观、美学外观撕碎，然后重铸为瞬时的、碎片式的、弹孔式的、棱镜式的、镶嵌式的、不确定的地方性，也许是将来"里下河文学流派"继续蓬勃生长的可能的方向。套用一个建筑学的概念，文学地域主义需要从固有的阶段过渡到"批判的地域主义"（Critical Regionalism）阶段，即在极端的传统主义和现代主义之上找到更恰当、更有文学性的位置。因此我们有必要把"批判的地域主义"的 6 个核心要素赘述如下，以期为"里下河文学流派"的未来重塑提供一些更有挑战性和创新性的方向：

一是批判的地域主义被理解为是一种边缘性的建筑实践，它虽然对现代主义持批判的态度，但它拒绝抛弃现代建筑遗产中有关进步和解放的内容。

二是批判的地域主义表明这是一种有意识有良知的建筑思想。它并不强调和炫耀那种不顾场址而设计的孤零零的建筑，而是强调场址对建筑的决定作用。

三是批判的地域主义强调对建筑的建构（Tectonic）要素的实现和使用，而不鼓励将环境简化为一系列无规则的布景和道具式的风景景象系列。

四是批判的地域主义不可避免地要强调特定场址的要素，这种要素包括从地形地貌到光线在结构要素中所起的作用。

五是批判的地域主义不仅仅强调视觉，而且强调触觉。它反对当代信息媒介时代那种真实的经验被信息所取代的倾向。

六是批判的地域主义虽然反对那种对地方和乡土建筑的煽情模仿，但它并不反对偶尔对地方和乡土要素进行解释，并将其作为一种选择和分离性的手法或片段注入建筑整体。

里下河文学批评"地方性"的历史边界及其困境

费振钟老师在谈到里下河地区的文学批评传统的时候，特别强调了晚清著名学者刘熙载的《艺概》。在蒋寅先生对清代诗学与地域文学传统关系的研究中，他也强调了地域性的"小传统"是清代诗学批评重要的参照系。我们返观《艺概》与里下河地区的地域性之间的关系，孕育《艺概》或者说是清代诗话的"乡邦文化的小传统"，现在是否还存在？如果不存在了，或者说是衰微乃至趋近于消亡，那我们谈论里下河文学批评传统的时候，如何再建构某种"地域性"呢？因此，当我们审视里下河文学批评的"地方性"的时候，必要的历史边界还是需要厘清的。

比如到了现代文学阶段，巨变的现代性实际上已经逐步瓦解了"乡邦文化的小传统"，文学创作的地域性因为地理学和文化的显著差异，还能维系基本的地方性，而文学批评的地方性则渐趋式微，因为文学批评话语已经被现代性剔除了传统的地方性：知识是西方的，知识分子放眼世界，不再局限于地方性知识，而文学批评者也不再像传统文人那样从事地方性历史编纂，诸如地方志、乡贤传、耆旧传之类的地方知识生产。所以，现代文学阶段所谈及的诸如"京派批评"这样的地域性文学批评概念，不过是"京派文学"的衍生品，真正意义的地方性是不具备的。

而以丁帆、费振钟、王干、汪政、吴义勤、何平等为代表的里下河文学批评群体，他们的地域性、地方性仅仅是身份上的、一般意义的地理学上的，而他们所使用的文学批评话语和理论资源基本上是现代性和全球化的产物，不具备明显的地方性。因此，他们在特定历史阶段上形成的地方性批评传统，其显在的地域性背后其实包含着另一个地方性空间：高等院校（及其衍生的师生、同学、同门等各种关系）。这仅仅与知识生产有关，而其生产的知识并非地方性知识，所以这种地方性空间不具备真正意义的地域性。与此相关的诸如海派批评、新海派批评、闽派批评、粤派批评等概念类似，内部的地方性其实是非常脆弱的。就目前的批评语境而言，真正能建构所谓传统、传承的地方性空间仍然是高校，尤其是著名高校和高校集中的地区，原因仍然是知识生产的密集和强势。

　　返观当前的里下河文学批评传统，它能否在将来继续传承某种辉煌、现有的传承中是否能保有必然的地域性，或者回到费振钟老师的愿景：重构诗性批评，我觉得这些问题其实都在凸显着种种有关地方性知识生产的困境。

退稿的时候，不妨再任性、刻薄一点……

在成为文学编辑之前，我做了差不多十年的大学老师，教授和研究的文学作品都是所谓的"经典"，总是习惯用哈罗德·布鲁姆那句话——"我们肯定不欠平庸任何东西"——谆谆教导学生们珍爱生命、远离文学劣作。如今，作为一个资历尚浅的文学编辑，我每天的主要工作戏剧性地变成审阅大量的庸作、劣作，然后再搜肠刮肚、苦思冥想着如何得体、恰当地退稿。在还没奢望成为"天才捕手"之前，我已经习惯于成为"庸才杀手"，或者说，已经习惯于在文字垃圾转运站的车间里无奈地做着垃圾分类的重复工作，考验着自己的耐心和毅力。

关于退稿，我们经常可以看到很多流布甚广的文章，比如《19位大作家收到的退稿信》《那些年，被退稿的名作家》《因为色情、无聊、歧视等原因被退稿的30本名著》《我被退稿17次，我仍相信"念念不忘，必有回响"》等。诸如此类文字中谈到的退稿，多是一些著名作家成名前的经历，或者说是挫折体验，借此一方面间接揶揄和嘲讽了那些目光短浅的退稿编辑，另一方面，鼓励所有怀揣梦想的文学青年不惧退稿、"无悔前行"。而这后一种鸡汤式的鼓励不知道催生了多少被文学梦想所误的人生，他们仅凭着一股子热情和中学时代积累、定型的极其有限的文学认知，就敢把人生的终极价值寄托在文学创作之上，于是就给我们这些期刊和文学编辑源源不断地"培育"出一批批的"作者"，他们日复一日、殚精竭虑、兢兢业业地生产了数量庞大的文字垃圾，最后变成同样数量庞大的退稿信——有的恐怕连一封退稿信也等不到。

在决定成为一名文学作者之前，我想很多人根本就没有认真思考过文学是什么、写作意味着什么。并不是所有的文字涂鸦都可以称为文学作品，并不是任何的文字都可以用来"投稿"，并不是每个人都需要成为一名作家，也并不是每个人都有成为优秀作家的天分。很多作者盲目地投身文学事业，往往穷尽一生的努力只换来失望和痛苦。

每个资深的文学编辑都"遭遇"过很多这样的作者，编辑圈内也流传着很多奇葩作者的段子，他们文学热情高涨，对自己的文学修养和作品水平缺乏客观的认识，往往表现出自恋、偏执、敏感、脆弱、狂躁等各色病态；他们常年"游荡"在全国各类文学期刊的编辑部，与编辑谈论重要的文学问题（比如怎样写才能触及真正的现实、才能接地气、才能得诺贝尔奖等），力荐自己的作品……

当然，多数情况下我们都是热情周到地接待，认真与他们交流意见，耐心、细致地解释为什么不能采用他们稿件的具体原因，直至被他们中的某些文学妄人逼得落荒而逃、东躲西藏……有时候我想，我们在面对这样一部分"作家"及其作品的时候，退稿理由再直截了当、不留情面一点，可能就会避免很多时间、精力、人力、物力的浪费、消耗，比如这样退稿：

1. 这就是一堆文字垃圾，并不是你认为的贴近时代和现实的、呕心沥血的"长篇小说"，它毫无可取之处，我到现在还在为浪费了一天的时间感到愧悔不已。

2. 我建议你放弃小说创作，起码暂时放弃，多花点时间读读经典的小说作品，至于什么是经典的小说作品，我没办法告诉你，你自己去找。

3. 投稿之前麻烦你稍微花一点时间看看敝刊，哪怕是随便翻翻目录，翻过之后，我相信凭你的智商是不会再把这样一堆东西寄过来了。

4. 如果你自认为并不是一位文学天才，请不要把处女作贸然寄给我们，它们那种未加修饰的"粗糙美""自然美"其实更适合待在抽屉里，或者把自己深深地埋在文件夹里。

5. 这部作品我们不能刊载，我很庆幸没有硬着头皮把它读完，至于要提什么修改建议，我想……还是算了吧，它毫无修改的必要。

6. 我们有1000条发表作品的理由，都被你成功地避开了。

7. 你已经出版了五本书、你跟某重要领导合过影、你有"环太平洋地区最受欢迎作家"的证书、入选了"亚洲文化名人录"都不能成为我们刊载你作品的理由。

8. 世界那么大，我想……你还是干点别的吧！

…………

当然，这些尖酸刻薄的退稿理由我都未曾使用过，虽然很想这么做，内心里也无数次涌动出比以上内容更加尖刻的话语。这样的一种退稿、一种对待作者的方式，是否缺乏必要的尊重呢？即便如此，那也是这样的作者及其作品有诸多不尊重在先：他们不尊重写作这门手艺、不尊重编辑的工作……

如今编辑的身段放得越来越低了（也不排除有一些编辑极其高冷傲慢），编辑工作被简单化地对待和理解已经成为一种潜在的共识，一方面要一如既往地尊重素质不一的基层作者、普通作者，还要宽容甚至宠溺那些正当其时的青年作家们，容忍他们诸多出格的行径，即使在退稿的时候也要"巧言令色"地罗织一些貌似合情合理、不至于损害自尊心的辞令，以避免他们情绪激动、悲观厌世、放弃文学。其实这样一种小心翼翼的、伪装的和气对于文学生态毫无益处，相反，如果我们在退稿的时候能够再任性一点、刻薄一点，可能就会避免更多的人再误入文学"歧途"，规避掉那些动机单纯又功利的作家及其品格低劣的作品，说不定也会为中国文学在未来留下一些类似于普鲁斯特、纳博科夫、菲茨杰拉德、奥威尔等遭遇的退稿"佳话"。

注：以上仅是作者个人愚见，并不代表所在刊物立场，特此说明。

辑二

小说论

圆满即匮乏

——阿来《云中记》管窥

1

在《云中记》的题记中，阿来特意"向莫扎特致敬"，并强调"写作这本书时，我心中总回响着《安魂曲》庄重而悲悯的吟唱"。这两段话同时醒目地出现在《云中记》图书的腰封上，而"安魂曲"也频繁被媒体作为宣传报道《云中记》的标题。阿来在后来的访谈、创作谈中也多次提到莫扎特的《安魂曲》在《云中记》创作缘起中起到的特殊作用：

而除了哭声，我们没有办法对死亡完成一个仪式性的表达。比如我们不能唱一首歌，因为当此时刻我们所有知道的汉语歌声，都似乎会对死亡形成亵渎。我实在睡不着，就翻出来莫扎特的《安魂曲》，我感觉在那个时刻放出这样的乐音，应该不会对那些正被大片掩埋的遗骸构成亵渎。而且，当乐声起来，那悲悯的乐音沉郁上升，突然觉得它有个接近星光的光亮，感觉那些生命正在升华。①

安魂曲是罗马天主教会一种祈愿仪式使用的弥撒，具有特定的仪式含义，最显著的一层含义是代表了死亡，无论是它的歌词语义还是产生的历史背景、使用的场合，都与死亡有着密不可分的关系。所以，面对汶川大地震引发的巨大的灾难、哀痛和死亡而言，阿来想到安魂曲是一种很自然的情感反应，同时也是我们自身的文化系统、音乐文献中缺乏对应的音乐形态所导致的一种无奈的西方化"选择"②。但这仍不能真正有效解释莫扎特的《安魂曲》与《云中记》之间的联系。欧阳江河认为，《云中记》中阿巴去安抚那些死后的魂灵，去寻找它们的过程，其实是一个自我寻找——他想寻找死后的他。这一伏笔跟莫扎特的《安魂曲》有一个对位关系，它化成了小说叙事一个非常有意思的元素③。但这种对位在形式和内容上如何展开，欧阳江河并没有详细阐述，就好像《云中记》的图书推广中强调的"乐章式叙述"，恐怕都是很难从文本的内部进行有效地分析和解释的。

2008 年末，中国作曲家关峡创作了《大地安魂曲》，并于 2009 年 5 月 12 日汶川地震一周年之际首演。作曲家、小说家，

---

① 《阿来〈云中记〉》献给地震死难者的安魂曲》，《北京青年报》2019 年 7 月 2 日。
② "我们之所以喜欢音乐，就是因为音乐好像很简单就能直接突破我们的那些表征，用一种单纯的声音组合来让我们得到共鸣。""中国从古至今有关悼亡的文字，面对巨大灾难的，好像一直鲜有，更别说具备莫扎特《安魂曲》那种力量的。""我们的音乐，包括我们其他的很多东西，跟我们庞大的现实不能对应。今天中国的音乐经验过于关注那种小情小趣。"（阿来），《阿来〈云中记〉》献给地震死难者的安魂曲》，《北京青年报》2019 年 7 月 2 日。
③ 《阿来〈云中记〉》献给地震死难者的安魂曲》。

乃至与之相关的听众、读者，还有出版社、媒体从业者，在面对汶川大地震的时候联想到"安魂曲"，或者说需要"安魂曲"，并不是偶然的，同时也不是"必然"的。比如说，为什么阿来想到的是莫扎特的《安魂曲》，而不是柏辽兹、威尔第、李斯特、弗雷、德沃夏克、勃拉姆斯的《安魂曲》，也不是同样具有"安魂"功能的其他的宗教音乐体裁？答案也许是因为莫扎特的《安魂曲》是最有名气的，而且还包裹着一个具有神秘的死亡气息的故事。或者从音乐史的角度来看，安魂曲的体裁发展到莫扎特所处的古典时期，作曲家们已经摆脱了弥撒没有情节性的抽象、概括，开始赋予宗教音乐更多的歌唱性、世俗性，死亡越来越戏剧化，尤其音乐天才莫扎特，他的宗教音乐已经逾越了宗教的樊篱，《安魂曲》表达的是人的声音、世俗的欢乐。所以说，阿来的《云中记》与莫扎特的《安魂曲》之间的关联没有丰富的宗教因素，这种关联模糊而"晦涩"（并非如表征那么明朗、清楚），两者的审美契合其实更多地和"安魂"这一必需的仪式有关，或者说，当阿来在处理汶川地震这样的题材，在谈论《云中记》的时候谈到莫扎特的《安魂曲》是恰当的、合适的……莫扎特及其《安魂曲》既偶然又必然地附属于一种仪式的审美需要。

2

围绕着《云中记》，作者阿来和其他作家、评论家、媒体记者、出版人的相关谈论、表情都是仪式性的，合乎情理、恰到好处，遵从着相关仪式和话语系统所需的谨慎、友好和"动情"。所有这一切都是诚恳的，但在肯定、褒奖阿来及其《云中记》的同时，也显而易见地构成了某种"抑制",或者说这种抑制对于《云中记》而言是命定的、先验的。

神性、神迹、废墟、勇敢、放弃、承担、使命、回归、传统、现代性、颂歌、伟大、尊严、和解、失败者、人与自然、时代同行、创伤记忆、泪流满面、灵魂洗礼、心灵净化、大化天成、大爱无疆、生命的坚韧、人性的温暖和闪光、内心的晦暗照见了光芒、对生命和死者的再认识……诸种相关话语呈现出的宏大聚集,掷地有声又含混不明,它们形成的限定性、规约性使得异质、多元地讨论《云中记》变得很困难,或者变得"毫无必要"。

"都在哀叹当代没有伟大的小说,我说,《云中记》就是伟大的中国小说。"(谢有顺)"伟大"是一个很重、很大的词,它的出现要么意味着一个重要的"文学事件"出现了,要么意味着我们不需要认真对待这个"伟大"。正如我们说到"爱",说到汶川地震等灾难面前常常出现的"大爱无疆"的"爱",这个"爱"或"大爱"我们能否说清?其实根本就没有必要说清,你只需要跟着说就可以了。"你可以谈论爱的任何事情,但是你不知道要说什么。爱存在,就是这样。你爱母亲、上帝、自然、女人、小鸟和鲜花——这个词,变成了我们深受感动的文化的主题词,变成了我们语言中最强烈的情感表达的主题词,但也是最冗长、含混和费解的主题词。"①我们为什么要反复地、信誓旦旦地说出这样的词呢?因为"爱是一种普遍的答案、一种理想的快乐期待、一种融合世界关系的虚拟"。"通过意志的神奇,通过剧场的姿态,人注定会相互爱恋;通过离奇的想象,人们意识到'我爱你',人们彼此相爱。

---

① [法]让·波德里亚:《致命的策略》,戴阿宝译,南京大学出版社2015年版,第139、140页。

我们爱彼此吗？这里，我们正面临吸引和平衡的普遍原则的最疯狂的筹划，纯粹的幻觉。主体的幻觉，绝佳的现代激情。"

"我们爱彼此吗"？我们爱"阿巴"和"云中村"吗？《云中记》真的能给我们带来"灵魂洗礼"和"心灵净化"吗？它是不是一部伟大的小说？所有相关的、类似的"冗长、含混和费解的主题词"都不需要解释和分辨，它们自身就"是一种普遍的答案、一种理想的快乐期待、一种融合世界关系的虚拟"。

所以阿来从一开始就十分慎重地对待汶川地震这一题材：

> 那时，很多作家都开写地震题材，我也想写，但确实觉得无从着笔。一味写灾难，怕自己也有灾民心态。……让人关照，让人同情？那时，报刊和网站约稿不断，但我始终无法提笔写作。苦难？是的，苦难深重。抗争？是的，许多抗争故事都可歌可泣。救助？救助的故事同样感人肺腑。但在新闻媒体高度发达的时代，这些新闻每时每刻都在即时传递。自己的文字又能在其中增加点什么？黑暗之中的希望之光？人性的苏醒与温度？有脉可循的家国情怀？说说容易，但要让文学之光不被现实吞没，真正实现的确困难。[①]

但在有效规避了"灾民心态"，以及简单化的"苦难""抗争""救助"等思维之后，阿来和《云中记》是否未"被现实吞没"呢？是否避免了成为一个理所当然的"深受感动的文化的主题词"？

---

① 《不止是苦难，还是生命的颂歌——有关〈云中记〉的一些闲话》，《长篇小说选刊》2019年第2期。

正如他自己意识到的：真正实现的确困难。或者说，"用颂诗来写一个陨灭的故事""让这些文字放射出人性温暖的光芒""歌颂生命，甚至死亡！"（阿来）这些同样"冗长、含混和费解的主题词"，其所指自始至终和"灾民心态"是暗合的，最后仍然会让小说导向"普遍的答案""理想的快乐期待""融合世界关系的虚拟"。只要面向汶川地震，就必然要担负起必需的功能和使命。就像"阿巴"一定要去安魂一样。"阿巴"的侄子"仁钦"，作为云中村抗震救灾领导小组的组长，他劝导作为祭师的舅舅一定要去做"安抚鬼魂"的工作：

> 村里人再这么下去，再这么顾影自怜，心志都散了，云中村还怎么恢复重建。您得做些安抚鬼魂的事情，也就是安抚人心。

可是"阿巴"不知道怎样才能安抚鬼魂，所以他去其他的村庄找到一位老祭师，请教怎样安抚那些鬼魂：

> 祭师说：怎么安抚鬼魂？就是告诉他们人死了，就死了。成鬼了，鬼也要消失。变成鬼了还老不消失，老是飘飘荡荡，自己辛苦，还闹得活人不得安生嘛。告诉他们不要有那么多牵挂，那么多散不开的怨气，对活人不好嘛。

"安魂"安抚的并不是亡灵、鬼魂，安抚的是活人、人心，死亡、死者其实并不真的重要，或者说"安魂"作为仪式最重要的目的就是驱逐死亡可能会引发的反常和不安。

3

波德里亚在《象征交换与死亡》中把实用性大都市的全部文化简称为"死亡的文化",一方面我们从内心深处觉得死亡是"有害"的,应该被"蒸发":

> 老实说,人们不知道拿死亡怎么办。因为,在今天,死亡是不正常的,这是一种新现象。死亡是一种不可思议的异常,相比之下,其他所有异常都成无害的了。死亡是一种犯罪,一种不可救药的反常。死人不再能分到场所和时空,他们找不到居留地,他们被抛入彻底的乌托邦——他们甚至不再遭到圈禁,他们蒸发了。①

尤其自然灾害、非正常死亡,更容易引发我们的"不安":

> 一场自然灾害是对现存秩序的威胁,这不仅因为它会引起真实的混乱,而且因为它会打击一切至高无上的、包括政治在内的合理性。所以地震时才会有戒严(尼加拉瓜),所以发生灾难的地方才要有警察(比游行示威时的警察力量更强)。因为谁都不知道事故或灾难引发的"死亡冲动"在这种场合会爆发到什么程度,会反对

---

① [法] 让·波德里亚:《象征交换与死亡》,车槿山译,译林出版社 2006 年版,第 195、196 页。

政治秩序到什么程度。①

因此在这个意义上,《云中记》中"阿巴"和"仁钦"对于"安魂"都有着某种迫切的需要,虽然缘由因族群的使命或国家的需要而显得不是特别一致,但目的、功能是一致的:消除死亡引发的"不安",避免相关的冲动对秩序存在的潜在破坏。

此外,"死亡的文化"的另一方面是"非正常死亡、事故死亡、偶然死亡"引发的"激情"和"幻想":

> 于是全部激情都逃入非正常死亡,只有它才显出某种类似牺牲的东西,即类似集体意志带来的真实变化。死亡原因究竟是事故、罪行或灾难,这无关紧要——一旦死亡摆脱"自然"理性,一旦死亡成为对自然的挑战,它就再次成为集体事务,要求得到集体的象征回应——总之,它会造成人为的激情,这同时也是牺牲的激情。②

这种"集体激情"和"死亡幻想"是很难抵御和抗拒的,既有"主题词"的感染力,更具意识形态、制度乃至公序良俗的规定性,所以,我们会看到传媒、公众、知识分子、艺术家、政治家们都普遍对灾难性的、宏大的"非正常死亡"非常重视,当然,正如波德里亚所说的,死亡已经衍变为一种集体事务,我们有责任予以回应。所以汶川地震十年来,阿来念兹在兹的就是怎么样

---

① [法]让·波德里亚:《象征交换与死亡》,车槿山译,译林出版社2006年版,第251页。
② [法]让·波德里亚:《象征交换与死亡》,车槿山译,译林出版社2006年版,第256页。

回应才是合理的，才有价值：

> 而如果我们不能参透众多死亡及其亲人的血泪，给予我们这些活着的人的灵魂洗礼、心灵净化，如果他们的死没有启迪我们对于生命意义、价值的认知，那他们可能就是白死了。如果我们有所领悟，我们的领悟可以使他们的死亡发生意义。①

很显然，这是典型的针对死亡的"人为的激情"，而《云中记》中"阿巴"的形象和仪式性实践则更为突出地体现出"牺牲的激情"。阿来明确地带着熔铸一个更加恰当的仪式的目的、渴望来创作《云中记》，所以，《云中记》最后实现的美学和氛围必然是"明朗"的，"是一个世界的通透，不是世界的幽暗"②。这与陈超所说的地震"诗潮中大部分诗歌的语境变得较为透明"③是一致的。一切与死亡及其引发的"断裂"有关的悲惨的场景、极端的情绪、冲突性事件、不恰当的态度，都需要被洗礼、净化为一个圆满的形象（"阿巴"）和结局：

> 奇迹般的，这部旨在安慰我们的书却是以死亡结束。阿巴的死亡，云中村的死亡。这蕴含了崇高感和悲剧感的死亡覆盖了之前地震造成的仓皇的惨烈的死亡。在第

---

① 《阿来〈云中记〉献给地震死难者的安魂曲》。
② 《阿来〈云中记〉献给地震死难者的安魂曲》。
③ "由于隐含读者的不同，这次诗潮中大部分诗歌的语境变得较为透明，以口语为主，即使有的诗人间以隐喻修辞，其出现的频率也较疏朗，它并不显得"隔"与"涩"，这与诗歌特定的表达内容有关。"陈超：《有关地震诗潮的几点感想》，《南方文坛》2008 年第 5 期。

二次死亡中，我们再次意识到自然的无情，意识到阿巴所携带的那个传统的世界无限远离了我们，也意识到死亡所蕴含的新生。这里有悲伤，但慰藉也将不期而至。①

"使他们的死亡发生意义"的前提是"覆盖"，尽管《云中记》最后是以死亡结束，但"阿巴"和云中村留下的仅仅是一种"牺牲的幻想""牺牲的仪式"；死亡唯一的重要意义——断裂能量已经被弥合得失去力量和震荡的效应，使得死亡成为生者日常生活中具有激励作用的部分，也即"慰藉"与"新生"。

4

2008年汶川地震引发的地震诗潮已经成为一个当代诗歌史上的重要事件，催生出大量良莠不齐的"地震诗"，也引发了很多诗学的、社会学的争论。"在废墟上矗立的诗歌纪念碑"，这样堂皇的、"主题词"式的盖棺论定显然无法呈现地震诗潮内部隐藏的复杂镜像，也无法解释多年之后地震诗"销声匿迹"的文本现实。"汶川之后，诗人何为？""地震震醒了中国诗人，不再自我迷恋"，"诗歌终于回到社会承担"……诗人们面对一个惨烈的、巨大的公共事件，面对"人道""使命""责任"的本能和压力，他们必须加入一种哀痛的合唱，承担起自己诗人的角色：

---

① 岳雯：《安魂——读阿来长篇小说〈云中记〉》，《中国当代文学研究》2019年第2期。

诗人，在此或许是深沉的集体哀痛仪式的——"祭司"式角色——表达者和个体生命的思者，他所要"祭奠和体悟"的，既是受灾地区的人民，同时也是对人类命运特别是生存状态潜在的危局的祭奠与呼告。正是由于这种写作意识的自觉，使得这些现代哀歌获具了独特的现代性功能。①

然而事实也许并非这么简单。诗人们的"现代哀歌"真的具有独特的现代性功能吗？那何以导致这些哀歌在后来的诗歌生活中被彻底遗忘？陈超在写出上面那段话之后，笔锋一转，道出他真实的想法和疑问：

我承认，当最初的强烈震动稍事减弱，作为诗歌批评从业者的"自重"或者是"自矜"，又"可恨"地出现在我的意识中。对受难同胞的悲悼，对人类求生意志及伟大的援助行动的思考和赞叹……如此等等，这些诗歌都值得高度赞叹。但是处理这么明确的语境和类聚化的情感经验，作为艺术的诗是否能达到一定的艺术品位。我曾担忧我们的诗歌是否能承载得起。即使它可以承载，这种承载是否能有艺术上的价值。②

这也正是我面对《云中记》的最大的疑虑，陈超所说的"明

---

① 陈超：《有关地震诗潮的几点感想》，《南方文坛》2008年第5期。
② 陈超：《有关地震诗潮的几点感想》，《南方文坛》2008年第5期。

确的语境和类聚化的情感经验"，也正是我前文反复引用的波德里亚所谓的"最冗长、含混和费解的主题词"，以及那些"普遍的答案""理想的快乐期待"和"融合世界关系的虚拟"。客观地说，对于汶川地震这样的"重大题材写作""主题写作"而言，阿来的《云中记》在艺术的层面上已经做得足够好，很多评论家对作品的分析和褒奖我也基本认同，但所谓的艺术上的卓越并未能赋予《云中记》关于死亡或灵魂的真正的独特性和创造性。

"阿巴"在慷慨赴死之前通过与各种人物的对话，达成了自身乃至多年前的地震与这个世界的和解，在这个过程中不仅死者、生者的痛苦、不安得到的了安抚，那些宗教、历史、文化、传统、现代性等层面所可能产生的所有冲突、对抗、对立、断裂都实现了圆满的弥合。然而"阿巴"，这样一个完美的、圆满的符号化人格的"殉难"，并不能呼唤或构筑出当前我们关于灵魂、信仰和死亡的最真诚的心声和最有力量的回应，只能招魂出那个我们无比熟悉的"普遍的答案"。

理查德·塞纳特在谈到"我们"的"团结"时认为："在'我们'中，所有可能带来差别感受更不用说是对立的东西，都已从共同体的这一镜像中被清除出去了。在这一意义上，共同体团结一致的神话，就是一个净化仪式……这一神话般的分享共同体的特别之处在于，人们认为他们互相属于对方，并且一起分享，因为他们是相同的……这种表达了追求相似性渴望的'我们'的情感，是一个人们避免相互深入了解对方这一必要性的方法。"[1]

《云中记》的"圆满"有意无意地通过一个"净化仪式"，

---

[1] [英]齐格蒙特·鲍曼：《流动的现代性》，欧阳景根译，上海三联书店2002年版，第281页。

强调并完善了那个"共同体一致的神话",这一神话或者说是"相似性的共同体"被齐格蒙特·鲍曼"嘲讽"为"一个孤芳自赏式(l'amour de soi)的计划方案",但在这样一个"相似性的共同体"中"令人不愉快的问题将得不到回答","而且通过净化而获得的安全可靠性,将永远不会得到检验。"①

正是在这样一个意义上,我"武断"地把《云中记》的圆满定义为匮乏:死亡的匮乏,灵魂的匮乏,以及阿来对《云中记》特别期许的那种"真正的公共性"②的匮乏……

---

① [英]齐格蒙特·鲍曼:《流动的现代性》,欧阳景根译,上海三联书店2002年版,第282页。
② "前些年讨论知识分子,萨义德有过一本书,认为能够把个人或者少数人经历当中那些痛苦、经验跟人类普遍的命运联结在一起,这样的人就是公共知识分子。今天我们的文学、艺术作品要想获得真正的公共性(不是流行的商家的那种公共性),那也必须具备这种。"《阿来〈云中记〉献给地震死难者的安魂曲》,《北京青年报》2019年7月2日。

小说的极限、准备与灾异

——关于《众生·迷宫》的题外话

> 这样的作家并不是病人,更确切地说,他是医生,他自己的医生,世界的医生。世界是所有症状的总和,而疾病与人混同起来。
>
> ——德勒兹
>
> 小说几乎吸收并凝聚了所有作家之力,却看似从此走上了穷途末路。
>
> ——布朗肖

一

严肃而恰当地谈论黄孝阳及其作品,是艰难的。作为一个拥有罕见的写作意志的小说家,他把任何一次写作当作一项写作学、精神现象学、谱系学和博物志的极限运动,对于小说的本体(或者按照他的说法:小说灵魂)充满了言说和实践的乐趣(欲望),试图在不断"挑衅"边界、界限的书写中,激发小说那似乎取之不尽的活力。

《众生·迷宫》是黄孝阳有关绝对、极限的又一次练习。延续了他在《众生·设计师》之中关于"当代小说""探索一种新的小说美学"①的宏伟构想,《众生·迷宫》同样是一部充满未来感的"野心"之作。"五十年后,我或许会被人谈论;又或许被彻底遗忘。"②正如黄孝阳提出"量子文学观",力图用"最前沿的物理学研究所提供的各种前瞻性理论,为未来千年文学指引方向"③,《众生·迷宫》并不仅仅着眼于启发当下,黄孝阳早已经预设性地把它放置在卡尔维诺"未来千年文学备忘录"和布朗肖有关"未来之书""小说之光"的范畴中:"幻想精神"、不竭的探索,指引方向,或者显现可能。

此时,黄孝阳再次化身卡夫卡《城堡》里的土地测量员K,他手持一根多节的手杖(笔),自己委派自己去做一项"边界勘定"的工作,对于当代中国小说固有的秩序和边界而言,这一工作无疑是"开战"宣言,具有显著的越界性和挑衅性。而且,"在土地测量员的术语中,K代表kardo,这个名词来源于'它把自己指向天空中的方位基点'。"④所以,才有"众生"的俯视性,才有"看见上帝""看见人子"和"星辰"的喜悦⑤,才可以"于万丈高空中审视这条苍茫的文字之河"⑥,才会经由"维度"之高目睹"让

---

① 黄孝阳:《众生》(后记),《钟山》2015年第3期。出版时改为《众生·设计师》,北京,作家出版社,2016。
② 黄孝阳:《众生·迷宫》(后记),《钟山》长篇小说专号2017年A卷。
③ 黄孝阳:《写给对小说灵魂有兴趣的人》,《艺术广角》2011年第5期。
④ 【意大利】吉奥乔·阿甘本:《裸体》,第63页,黄晓武译,北京,北京大学出版社,2017。
⑤ 《众生·迷宫》(后记),《钟山》长篇小说专号2017年A卷。
⑥ 《写给对小说灵魂有兴趣的人》,《艺术广角》2011年第5期。

人情不自禁屏住呼吸的光影奇迹与宇宙意志"[1]，才能像卡夫卡所计划的那样："反思人类与人类之上的、超越人类的事物之间的边界问题。"

对应于这样一种也许过于高蹈的"天空"的基点，关于《众生·迷宫》，黄孝阳有一套涉及"塔罗牌""123"乃至"太极两仪三才四象五行六合七星八卦九宫"等的神秘主义话语[2]，有意无意地在为读者的阅读设立"路标"，意图在于指引和限定。这是黄孝阳特有的写作策略和话语方式，在有关《人间世》《旅人书》《乱世》《众生·设计师》等作品的书写、讨论和引证中，我们会经常看到他非常专注、认真地分享着自己的写作意图、构想，以及读者、研究者的心得、体会[3]。阅读者如果过于重视这些"路标"，或者方向的指引，往往会被导向一种正确的"歧途"，或者错误的对话关系。

已有的、有限的针对黄孝阳及其作品的评论、批评构建的对话关系往往是社交性、敷衍性的，沿着黄孝阳的"路标"和指引进入既定的小说历史的范畴，在批评的仪式残余及主体虚荣心的残余之处所反复演练和形成的那种友好和默契，其价值和意义非常有限，甚至是对黄孝阳及其作品的一种特别的轻慢；阅读者一旦被卷入"极限"和那些可移动的边界，在获得辽阔和无限的同时，也会被无法接近的晦暗和漫无边际裹挟，要么在惯有的话语

---

[1] 黄孝阳：《小说的现代性——从斗战胜佛说起》，《太湖》2017年第2期。
[2] 《众生·迷宫》（后记），《钟山》长篇小说专号2017年A卷。
[3] 在《众生·迷宫》（后记）里，黄孝阳就有意无意地列举了弋舟、李宏伟、程德培及一些读者对这部作品的肯定。《钟山》长篇小说专号2017年A卷。

中"迎合"、扩展①，要么失语、放弃。因此，在与《众生·迷宫》及黄孝阳对话之前，必须越出"极限"，站在"天空"的基点之外，回到小说和写作者的肉身，以架构一种追问和质辩的关系。

简单讲，《众生·迷宫》到底写了些什么，于我而言，并不重要，就如同面对黄孝阳关于小说的那些滔滔不绝、"振振有词"的雄辩论述，它们是否正确，是否能够在文本实践中实现，也不重要。在德勒兹看来，"写作是一个生成事件，永远没有结束，永远正在进行中，超越任何可能经历或已经经历的内容。这是一个行程，也就是说，一个穿越未来与过去的生命片段。"②而在黄孝阳孤绝的小说观念里："小说是一场一个人的战争。一个人开始，一个人结束，甚至是一个人的阅读。"③一种有效的批评和对话，就是要呈现极端的"个人性"中风暴一样的"事件性"，即《众生·迷宫》的出现是一个值得关注的"文学事件"④，作为一个极端的写作行为，它为什么出现，将把我们引向何种希望（困境）才是重要的。伊格尔顿告诉我们，好的文学批评应该关注的是文学的这种"事件性"，"是作者的写作策略和读者的阅读策略，是文本、读者和作者之间的戏剧性对话，是这种策略和背后的深层'语法'（grammar）。"⑤

遵循这种批评的路径，我只能把自己关于《众生·迷宫》的

---

① 比如黄孝阳所期待的："若有必要，是不是可以用十倍的篇幅阐释它，不仅是评论与解析（如《微暗之火》）。"《这人眼所望处———关于一些文学问题》，《艺术广角》2014年第1期。

② 【法国】德勒兹：《批评与临床》，第1页，刘云虹、曹丹红译，南京大学出版社，2012。

③ 黄孝阳：《写给对小说灵魂有兴趣的人》，《艺术广角》2011年第5期。

④ 这部作品在践行着黄孝阳所设定的"当代小说的任务"："那些少有读者光临的小说深处，世间万有都在呈现出一种不确定性——而这是唯一能确定的事件。"《这人眼所望处———关于一些文学问题》，《艺术广角》2014年第1期。

⑤ 但汉松：《把文学还给文学：伊格尔顿〈文学事件〉》，《天南》2012年第9期。

评说称之为一个溢出了文本边界的"题外话"。这部作品首先让我想到了罗兰·巴特的《恋人絮语》，马尔蒂给予的评价是："这是一本极其个性化、自恋的著作，是一个当时的知识分子在思考过程中列入现代性的某种主观的题外话，是一本孤独的书。"①《众生·迷宫》本就是中国当代小说的"题外话"，因此也就无可选择地成为一部孤独之书，黄孝阳在《众生·设计师》的"后记"中宣告："人是孤独之子。孤独是人的一个精神器官"，"它让自我更清晰，让你更懂得与世界的沟通方式，对现实抱有更深的热情。"卡夫卡在写《城堡》、写那个自己给自己发放勘察边界的委任状的K的时候，也描述过类似的孤独。孤独来自一次"精神崩溃"，这一崩溃切断了卡夫卡内在世界和外在世界的联系，促使他"内心所产生的狂野"陷溺于一场"追逐"——不停歇地追逐表象，向着与人性相反的方向。此时，孤独达到顶点，并且走向疯狂，游荡在迷路和歧途②。也许，黄孝阳在书写《众生·迷宫》的时候经历了同样的心路历程，尽管他对孤独自身的向度更乐观，但却无法掩饰文本所表现出的疯狂——对边界无节制的攻击。正如卡夫卡深知，远离了疯狂，也就远离了上升，黄孝阳为了上升至"天空中的方位基点"，为了"一种诗意的神学"，他必须选择疯狂，选择孤独："当代小说最重要的职责将是启人深思，帮助人们在喧嚣中发现孤独，发现生命，在众多一闪即逝的脸庞上瞥见天堂。"③当然，他也很清楚孤独的"副作用"："你

---

① 【法国】埃里克·马尔蒂：《罗兰巴特：写作的职业》，第143页，胡洪庆译，上海人民出版社，2011。
② 【意大利】吉奥乔·阿甘本：《裸体》，第64、65页，黄晓武译，北京大学出版社，2017。
③ 黄孝阳：《这人眼所望处——关于一些文学问题》，《艺术广角》2014年第1期。

很难不被别人视作怪物。"①

二

黄孝阳对中国当代小说的不满经常是溢于言表的,为此他留下了太多新颖的、极端的观点、理论,同时笔耕不辍,试图用自己满怀诚意和野心的小说实践来启发当下,拓展更具当代意识和广阔视野的小说道路。这一过程类似德勒兹借普鲁斯特之口探讨的"写作的问题":

"正如普鲁斯特(Proust)所言,作家在语言中创造一种新的语言,从某种意义上说类似一门外语的语言。他令新的句法或句法力量得以诞生。他将语言拽出惯常的路径,令它开始发狂。同时,写作的问题同看或听的问题密不可分:事实上,当语言中创生另一种语言时,整个语言都开始向'不合句法'、'不合语法'的极限倾斜,或者说同它自己的外在(dehors)展开了对话。"②

在写作的某一时刻,黄孝阳关于小说的意识到达一个令其再也无法满足现状的峰值,他开始反复地痛苦思索关于小说和语言的本体问题:小说是什么?它有什么样的传统,是否已经耗尽自己,沦为"被遗忘的存在"③?什么是当代小说?……无论是由此衍生的信誓旦旦、言之凿凿的小说宏论,还是卷帙浩繁的小说文本实践,均呈现出罕见而偏执的向"不合时宜"的极限倾斜的努力。这些努力严格意义上是"反小说"的,它们溢出了传统小

---

① 黄孝阳:《众生》(后记),《钟山》2015年第3期。
② 【法国】德勒兹:《批评与临床》,第1页,刘云虹、曹丹红译,南京大学出版社,2012。
③ 黄孝阳:《写给对小说灵魂有兴趣的人》,《艺术广角》2011年第5期。

说观念和当代中国小说普泛的美学边界，凭借其极端性及显豁的"写作意志"而在当代小说模糊的创新期待中获得看似"不菲"的肯定，但这些肯定基本上毫无诚意，根本不足以对应黄孝阳为达到"极端时刻"所付出的努力和蕴蓄的"期望"。这一悖谬、失落或"幸福的转向"与巴塔耶描述的"性快感"、情色，有着某种奇妙的对应性："对人而言最有意义的东西，最强有力地吸引他的东西，就是生命的极端时刻：这个时刻，因其挥霍的本质，被定义为无意义。它是一个诱惑，一个不应发生的时刻；它是人身上固执的动物性，却被人性献给了物和理性的世界。于是，最为初心的真理，落入了一片可憎又难以接近的晦暗之中。"[1]这种"晦暗"最终揭示了黄孝阳努力与小说的历史和现状所进行的对话，不过是他与自己（主体）的身体进行疯狂的、极端的对话的某种折射，或小说构成了他的激情和身体的某种"假象"。因此，看起来对小说的现状和未来忧心忡忡的黄孝阳其实关心的并不是"小说"，他只不过是通过小说来关心自己——通过幻想小说、小说的"大计划"来实现；所以他的小说理论和小说写作实际上已经离开了"小说"这一文体本身，黄孝阳也游离出小说家的主体范畴，开始向哲学家或诗人的维度倾斜。《众生·迷宫》于是不可避免地成为黄孝阳又一次关于小说的"题外话"，或者再次作为黄孝阳思索"人生问题"、回应主体焦虑的注脚，如同晚年的罗兰·巴特：黄孝阳每一部新的小说都像是为写一部"真正的小说"精心做着"准备"……

"回家后，空荡荡的寓所；这是困难的时刻：下午（我会再

---

[1] 【法国】巴塔耶：《幸福、情色与文学》，《文字即垃圾——危机之后的文学》，第63页，重庆大学出版社，2016。

谈到）。孤身，忧郁，→腌渍态；我用心努力地去思索。一种想法浮现了，某种好像是'文学的'转换的事物——有两个老旧的字出现在心间：走进文学，走进写作；写作，就好像我从未写作过似的，除了写作什么也不要……"①

熟悉黄孝阳的人看到罗兰·巴特在法兰西学院名为《小说的准备》的课程讲义，难免产生一种奇异的联想，作为哲学家的罗兰·巴特与作为小说家的黄孝阳，在"人生的中途"相遇了："来自命运的一个事件可能突然到来，标志、开始、切开、连续，悲哀地，戏剧性地，这个逐步形成的沙丘，决定着这个十分熟悉的风景之逆转，我已称之为'人生的中途'：这应归之于悲哀"，"一种剧烈的丧痛可能构成这种'个别性的顶峰'；标志着决定性的转折：丧痛成了我生活的中途……"，"我将必须选择我的最后生活，我的新生……我应当从此黑暗之地离开；是重复工作的耗损和悲痛把我带临此境。"

罗兰·巴特从但丁那里引申出的"人生的中途"和年龄无关，只关乎一种生存状态，那一刻，他对一切"重复的内容"感到了从来没有过的厌倦，他想到了西西弗斯："使他丧失自己的不是其工作的虚荣心，而是其工作的重复性。"于是他感觉到"丧痛"，有了一种关于文学的"危险的感觉"：消费主义、反智主义，小说还有机会吗？"自普鲁斯特之后，似乎没有任何小说'脱颖而出'，进入到宏伟小说（grand roman）、小说巨著的范畴。……今日小说还有可能么？还有正当性么？"

黄孝阳与罗兰·巴特一样，甚至更严重地遭遇"人生的中

---

① 【法国】罗兰·巴特：《小说的准备》，第21、22页，李幼蒸译，中国人民大学出版社，2010。以下相关内容均引自《小说的准备》第13—35页。

途"——在我认识的作家里,我不知道有谁还像黄孝阳那样,把自己顽固而无奈地放置在那种孤独、忧郁、单调的"腌渍态"里。他所有对于文学的不满、狂想,都是对自己干瘪、无聊的日常生活的一次次报复;他在日常生活中有多么单调,在小说实践中就会有多么自我戏剧化。写作,或者明确说,小说写作,此时对于黄孝阳来说隶属于"写作的幻想式"(fantasmes):"此词具有欲望的力量,即相当于所谓的'性幻想式'的用法。一个性幻想式＝包含一个主体(我)和一个典型客体(身体的一个部分,一次活动,一个情境),二者的联合产生一种快乐→写作幻想式＝产生着一个'文学对象'的我;即写作此对象(在此,幻想式通常抹削了种种困难和性无能),或者几乎终止写作此对象的我。"对于这样一种"快乐"而言,或者一种"属于色情领域"的"冲动的实践"而言,写作的幻想式是小说还是诗歌并不重要,关键在于写作的主体选择了何种代码。对于黄孝阳的《众生·迷宫》而言,写作的幻想式使用的代码是小说,但不满足于一般的小说代码的黄孝阳在这部作品中植入了太多"幻想式的变体",也即他重新编码了小说,使之不再属于原有的代码:幻想式的层次"完全改变了我们使用'小说'这个词的方式('方法')"。

此时,"今日是否有可能(历史地、文学地)写一部小说"这样的问题,已经没有意义,作为哲学家的罗兰·巴特和作为小说家、职业出版人的黄孝阳都很清楚:"小说要被卖出去是有一定困难的",尽管有很多人仍旧再假装阅读小说、需要小说。不过,这并不等于小说写作是没有意义的,在小说写作的"幻想式"构想之中,写作意志依赖的不是小说的历史,或者小说的文体内涵,而是依赖于幻想的力量,一种不断寻求新生的欲望。所以,罗兰·巴特不需要真的去写一部小说，他只是从科学和技术的层面上研究小说如何制作、如何再次制作，"从制作准备到了解本质"："幻想式的出发点不是小说（作为一般样式），而是千百部小说中的一两部"。马尔蒂认为，罗兰·巴特在"小说的准备"中"创造了一种概念小说，一种小说的模拟，一种模拟的形式，犹如在造型艺术中，一个概念艺术家创造的不是一个作品，而是一个作品的概念"[①]。黄孝阳不同于罗兰·巴特的是，他不满足于幻想，他要把概念变为现实，而且那"千百部小说中的一两部"不仅仅是罗兰·巴特所提及的《追忆似水年华》《战争与和平》，还要包括"黄孝阳的小说"。简而言之，《众生·迷宫》（也包括近些年他的大部分作品）是黄孝阳"某种重要的最终诉求手段"，为了把自己从日常生活的病态、疲倦中解救出来，他以极端的小说幻想把自己代入德勒兹所说的"谵妄"状态，以期在文学中达到一种"健康"："文学的最终目标，就是在谵妄中引出对健康的创建或民族的创造，也就是说，一种生命的可能性。"[②] 然而，倘若"谵妄"并不能引出"健康"，那它就只能是另一种写作和生理的"疾病"。然而，文学的命运，就这样在谵妄的两极之间上演，远离了疯狂，远离了疾病，也就远离了上升，远离了"快乐"。这是幻想式写作的悖论，也是黄孝阳与《众生·迷宫》的悖论。罗兰·巴特在晚年享受着这种悖论，他也许在如下的结论上与布朗肖实现了共识：文学的本质目的是让人失望。不幸的是，黄孝阳并不满足于悖论，他的写作意志迫使和引诱他去挑战这种悖论，

[①] 【法国】埃里克·马尔蒂：《罗兰巴特：写作的职业》（中文版序），第7页，胡洪庆译，上海人民出版社，2011。
[②] 【法国】德勒兹：《批评与临床》，第10页，刘云虹、曹丹红译，南京大学出版社，2012。

逃离支配性的体系,"建立一个自称纯净的、占统治地位的民族",比如所谓"当代小说"。罗兰·巴特轻松而洒脱地认为:"小说是一种非傲慢的话语,它不使我手足无措;它是一种不会给我带来压力的话语;而且,它是使我想要达到不给他人带来压力的话语实践……",而《众生·迷宫》相反,它给黄孝阳和读者带来了太多的"压力",呈现出从来未有过的、罕见的"傲慢"。

然而,"你的傲慢的大厦不得不被拆除。这是一个无比艰难的工作。"①

三

生活中的黄孝阳是极其谦卑的,谦卑到让人疑惑,让那些熟悉作为小说家的黄孝阳的人,隐隐地觉察到这种过度职业化、程式化的谦卑背后,似乎藏匿着冷冷的孤傲和拒斥。写小说、谈论小说时的黄孝阳完全是另一种形象,有着理想主义、英雄主义的狂热和非理性,经常是自信而"傲慢"的,充满了指引、宣示、断言的热情和决绝,这种巨大的反差、裂痕有时难免让人"错愕"。

存在于他者的"错愕"里,这也许是黄孝阳的小说理想,也是小说的极限书写、幻想式书写的命定的境遇。由《众生·迷宫》推延出去,涵盖黄孝阳近些年所有的小说言论和重要创作,他所努力面对的都不是一般性的小说问题,而是本质、本源和新生的可能性的问题。然而,这除了让他更加"不幸"之外,似乎没有什么更好的结果。

---

① 【奥地利】路德维希·维特根斯坦:《维特根斯坦笔记》,第46页,冯·赖特、海基·尼曼编,许志强译,复旦大学出版社,2008。

"那个为了作品，为了本源，而回应至尊之要求的人，又发生了什么？'一个可怜的、虚弱的存在'，任凭一种'不可思议的折磨'所支配。"①

《众生·迷宫》再次抵达黄孝阳写作理想的极致，开阔、宏大，却又难免陷溺于一种宗教式的、神学式的混乱。当年，莫言在评价黄孝阳的《人间世》时，所使用的"包罗万象"一词同样非常适合《众生·迷宫》，然而"包罗万象"却是小说的"结束"。螺蛳壳里做道场，黄孝阳太渴望接近他的幻想：伟大的小说，或者小说的概念化。但这不是一个能够实现这一幻想的时代，小说或者书写，已经"缺席"，已经变成一种"题外话"——无论它残存和嫁接了多少历史的遗痕、卑微的希望。由于艺术，包括小说已经不能作为任何本质性、本源性思考的起点，这就导致那些过度幻想小说写作的可能性的研究、谈论，变得缺乏必要的逻辑性和严肃性，甚至比重复性的小说写作更符合"陈词滥调"的断言。

詹姆斯·伍德认为："小说在疑虑的阴影下移动，知道自己是个真实的谎言，知道自己随时可能不奏效。对小说的信仰，总是一种'近似'的信仰。我们的信仰是隐喻式的，只是形似真实的信仰。"② 或者说，小说不能被当作真实的信仰来对待，这与理查德·罗蒂对小说的认识是一致的，小说区别与宗教、哲学等信仰体系的恰恰是其对"自我中心"的避免。"自我中心"是一种意愿，"认为自己已经具备了沉思所需的全部知识，完全能够了解一个被沉思的行动所带来的后果"，"认为自己已具备了所

---

① 【法国】罗歇·拉波特：《今日的布朗肖》，白轻译，参见微信公众号"泼先生 PULSASIR"，2017 年 8 月 12 日。
② 【英国】詹姆斯·伍德：《最接近生活的事物》，第 11 页，蒋怡译，河南大学出版社，2017。

有的信息，因此最能够作出正确的选择。"①《众生·迷宫》将这种"自我中心"推向了极致，黄孝阳"谵妄"的写作意志把小说推向了"真正"的信仰："有些时候，我会有一种幻觉，觉得自己看到了上帝"②，他始终认为："好的小说家不仅要窥尽'此处'种种足迹与嘈杂，更要懂得虚构之力，把火焰投向'彼岸'——绝对精神、梵、上帝、涅槃等。"③然而，这种再信仰化的赋魅除了损伤小说，并不会带来黄孝阳所期待的信仰力量的降临，相反，只是更加凸显出"无信仰"的主体的困境：

"无信仰的个体，为了赋予自己的行为和生活方式以意义，将会发现自己被困在自我专注的强迫症、沮丧与焦虑之中——精神病（psychopathology）成为疾病的现代形式。事实上，'精神—病'（psycho-pathology）这一术语在古希腊语中的含义是灵魂的受难，而在现代用法中，以人格（personality）——实质上是自我（ego），取代了灵魂。"④

孤独对人的塑造和损伤，艺术对人的解放和囚禁，小说的在场与"缺席"，这就是黄孝阳的"自我关注"或自我对灵魂的取代，在《众生·迷宫》这部小说中形成的悖论。这座傲慢的大厦最后还是坍塌了，但《众生·迷宫》及黄孝阳所有关于小说极限的言论和书写，在这里的"坍塌"都不是毁灭，而是被引向了布朗肖所谓的"灾异"："灾异才是法则，是最高法则抑或极限法则，是无法被编码的法则多出的部分：我们未被告知的命运到底是什

---

① 【美国】理查德·罗蒂：《哲学、文学和政治》，第80页，黄宗英等译，上海译文出版社，2009。
② 黄孝阳：《众生·迷宫》（后记），《钟山》长篇小说专号2017年A卷。
③ 黄孝阳：《一团烟云或无用的激情》，《青年作家》2009年第12期。
④ 【英国】齐格蒙特·鲍曼：《寻找政治》，第32页，洪涛等译，上海世纪出版集团，2006。

么？灾异不会看我们，它是没有视觉的无限，它无法像失败那样或纯粹简单的损失那般被度量。"[1] 所以对黄孝阳如下的劝诫是合理而无效的：

你不能这样写小说，你的写作意志已经摧毁了小说本身，你需要回到小说的"生活性"、小说的肉身……

"知其不可而为之"，这就是黄孝阳的宿命，在内心深处他何尝不知道他的写作不过是"一团烟云或无用的激情"，但他还是要从"天空中的方位基点"出发，去冲击小说书写的极限。就如同托马斯·曼的描述，这些小说家坚持探寻小说表达方式的"新的可能性"，只要有需要，就会努力给予小说"最丰富最深刻的表述"，他们"非常严肃，严肃得令人落泪"，可是他们探寻的结果是什么呢？"结果就是，根本就不是。"

关于这一悖论，布朗肖的描述最为生动、最为准确，或者对于黄孝阳《众生·迷宫》之后的写作也更有启发性：

"我们这个时代的任务之一，要让作家事前就有一种羞耻感，要他良心不安，要他什么都还没做就感觉自己错。一旦他动手要写，就听到一个声音在那高兴地喊：'好了，现在，你丢了。'——'那我要停下来？'——'不，停下来，你就丢了'。"[2]

以上就是我的关于黄孝阳的《众生·迷宫》的题外话——仅仅是"题外话"而已。

---

[1] 【法国】莫里斯·布朗肖：《灾异的书写》，第3页，魏舒译，南京大学出版社，2016。

[2] 【法国】莫里斯·布朗肖：《未来之书》，第43页，赵苓岑译，南京大学出版社，2015。

《有生》与长篇小说的文体"尊严"①

长篇小说不能为了迎合这个煽情的时代而牺牲自己应有的尊严。长篇小说不能为了适应某些读者而缩短自己的长度、减小自己的密度、降低自己的难度。

——莫言《捍卫长篇小说的尊严》

讲述最早的发现之一就是命运,这一点不足为奇。命运虽然让我们觉得恐惧和不人性,但它将秩序和稳定带入现实。

——托卡尔丘克《温柔的讲述者》

2015年,胡学文在接受《中华读书报》采访的时候把长篇小说写作形容为"长跑","需要持久的心力和耐力",考验的是"综合实力",并表示"时机成熟"的时候"会写长篇的"②。2020年,皇皇50万字的长篇新作《有生》在《钟山》长篇小说A卷隆重推出。

---

① 本文为国家社科基金重大项目"社会主义文学经验和改革开放时代的中国文学研究"(编号:19ZDA277)阶段性成果。
② 舒晋瑜:《胡学文:我就是小人物中的一员》,《中华读书报》2015年4月29日。

在后记中他写道:"我一直想写一部家族百年的长篇小说。写家族的鸿篇巨制甚多,此等写作是冒险的,但怀揣痴梦,难以割舍。"①《有生》就是他"冒险"为自己也为读者成就的"痴梦",也是他主动考验自己心力、耐力的一次写作长跑。50万字,在一个长篇小说崇尚越写越短、越读越短的时代,的确算作一次写作"冒险"。在此之前,胡学文已经写过多部长篇,但无疑,《有生》是最考验他的"综合实力"的一部,也是最能验证是否已经"时机成熟"的一部。

莫言在谈到长篇小说时留下了一句意味深长、掷地有声的话:"长度、密度和难度,是长篇小说的标志,也是这伟大文体的尊严。"②陈应松去年谈论长篇小说的文章中有一句话有力地呼应了莫言,他认为:"长篇小说是一个国家文学的象征,是一个作家安身立命的重器,是作家全面成熟并收割的标志。"③在这样的意义上,一位成熟的小说家在他的创作的高峰期推出的长篇作品,不能简单以"新作"视之,而必须放到"文体尊严""文学象征""作家重器"和"全面成熟"的层面上考量,这不是对作家的预设的褒奖,而是赋予他们一种压力和责任感。

在《有生》中,胡学文再次深入他的故乡、他的"写作根据地"营盘镇(宋庄),那里是他的约克纳法塔法县、高密东北乡;从营盘镇出发,通过一系列成功的中短篇写作,胡学文造就了属于自己的丰厚的乡土世界。为什么选择在新的长篇再次回到自己熟悉的疆域?他能否在这片已经深耕的文学土壤上拓展出一个熟

---

① 胡学文:《我和祖奶——后记》,《有生》,《钟山》长篇小说专号2020年A卷。
② 莫言:《捍卫长篇小说的尊严》,《当代作家评论》2006年第1期。
③ 陈应松:《长篇小说的突破》,《长篇小说选刊》2019年第5期。

悉又新颖的 50 万字的文学世界？在后记中，胡学文再次造访那个虚构的"祖奶"，与她相遇、对酌、聊天。从构思到写作，前后七八年的时间，胡学文与这位虚假的同时又无比真实的"祖奶"朝夕相处，他不断在疲惫和焦虑的折磨下"逃回"宋庄，在"祖奶"旁边、故乡旁边"过滤"掉一切不快。胡学文曾经这样描述"故乡"对于他写作的意义：

> 故乡是资源，但又不那么简单。我回顾自己的写作，多数与故乡有关，确实难以掘尽。就算我停下来，也非远离，而是为了看得更清晰。……常常是写一篇与故乡有关的小说，再写别的，不然，就感觉断了根基。写到乡村，脑里便会呈现完整的图景：街道的走向，房屋的结构，烟囱的高矮，哪个街角有石块，哪个街角有大树。如果写到某一家，会闻见空中飘荡的气息。真的，几乎不需要想象，是自然而然的呈现。①

故乡是胡学文写作的根基，是他最有信心和最有控制力的文学空间；《有生》选择再次回到故乡应该是胡学文深思熟虑后的结果，也是这部带有"中年变法"性质的鸿篇巨制必然的选择——无论对胡学文而言，还是对他丰富而驳杂的文学世界而言，这次"返乡"的文学性"扎根"都是水到渠成、自然而然的：

扎根（enracinement）也许是人类灵魂最重要也是最为人所忽视的一项需求。这是最难定义的事物之一。一个人通过真实、

---

① 姜广平：《"我想寻找最佳的路径"——与胡学文对话》，《莽原》2014 年第 1 期。

活跃且自然地参与某一集体的生存而拥有一个根,这集体活生生地保守着一些过去的宝藏和对未来的预感(pressentimentd'avenir)。所谓自然的参与,指的就是由地点、出生、职业、周遭环境所自动带来的参与。每个人都需要拥有多重的根。每个人都需要,以他作为自然成员的环境为中介,接受其道德、理智、灵性生命的几乎全部内容。①

《有生》在文体上表现出的那种鸿篇巨制独有的"长江大河般的波澜壮阔之美",那种"有大沟壑、大山脉、大气象"的"长篇胸怀"②,无不与这样一种"扎根"有关。这里的"扎根"与20世纪80年代中后期的"寻根"和近几十年乡土书写的现代性焦虑不同,也有异于所谓的反对宏大叙事、回到乡村或民间的本真性书写、个体性书写。胡学文在有意识地削减附着于乡土中国之上的意识形态、文化观念等固有范畴的同时,也在《有生》中做了另一种"加法",这一加法就是通过有血有肉的人物群像,在一种宏阔的命运感中,复现他们如何"通过真实、活跃且自然地参与某一集体的生存而拥有一个根",其中最重要的并不是这个"根",而是"自然地参与"这样一个有时间跨度的、动态的过程:"由地点、出生、职业、周遭环境所自动带来的参与。"胡学文一旦写到故乡,那里作为一个完整的图景和世界就会显现出来,人、风景、营生、表情乃至气息,用他的话说:几乎不需要想象,是自然而然的呈现。正是这样一种最朴素、本真的"自动""自然",让《有生》的乡土世界真正触及了坝上、北中国的"根",

---

① [法]西蒙娜·薇依:《扎根——人类责任宣言绪论》,徐卫翔译,生活·读书·新知三联书店2003年版,第33页。
② 莫言:《捍卫长篇小说的尊严》,《当代作家评论》2006年第1期。

也给读者带来了一个长篇小说独有的真实、丰富又浩瀚无边的文学世界。正如陈应松所说的，"独特的生活场域是构成一部好长篇的基本空间，没有这个空间，你施展拳脚的地方就会局促，逼仄。空间即视野。空间即生活。在一个大的场域里，持续性地对某种生活进行描写，对社会和内心不停地叩问，有集束炸弹的动能，有摧枯拉朽的力量。"①胡学文的"营盘镇"就是陈应松深居20年的神农架八百里群山怪岭，是独属于一个成熟作家的"独特的生活场域"。

在《有生》中我们能看到上百年时间跨度里的数十个生动的人物，他们不是"农民"，也不是"底层人物"，胡学文拒绝把他们符号化、阶层化（甚至只是保留了最低限度的历史化），而是用自己全部的感知、理解、同情和尊重，把所有人物还原为文学意义上的"自然人"。环绕着这些人的那些植物、动物、昆虫、风景，以及人们赖以谋生的那些手艺、职业，赋予他们地方性的风俗、风物、民间文化……所有与他们的"道德、理智、灵性生命"有关的全部内容，都经由胡学文沉稳又灵动的叙事，结构为《有生》的壮阔和浩瀚。这就是胡学文"独特的生活场域"，他有能力、有热情在这个空间中持续描写和叩问，在一种随时共鸣、共振的浩瀚的总体性中爆发出"集束炸弹的动能"。由此我们想到《有生》50万字的长度，想到莫言在谈到长篇小说的长度时说的那句可能引发争议、误解的话："没有二十万字以上的篇幅，长篇小说就缺少应有的威严。……长篇就是要往长里写！当然，把长篇写长，并不是事件和字数的累加，而是一种胸中的大气象，一种

---

① 陈应松：《长篇小说的突破》，《长篇小说选刊》2019年第5期。

艺术的大营造。"①《有生》的叙事时间从晚清到当下，百余年，是一个大型文体应有的时间跨度，但这并不是它拥有50万字体量的根本原因，《有生》不是胡学文《〈宋庄史〉拾遗》的加长版，《有生》是胡学文"胸中的大气象"。

营盘镇（宋庄）是胡学文大气象的根基，而"祖奶"（乔大梅），这个为一万多人接生的接生婆形象，则是以营盘镇为代表的北中国的灵魂和象征。在《有生》的女性人物群像（麦香、如花、宋慧、李二妮、黄师傅、李桃、养蜂女、白凤娥、喜鹊等）中，"祖奶"一方面具有胡学文以往小说作品女性人物谱系性格的延续性：坚韧、执拗、"一根筋"；另一方面，则因为她的漫长人生背负的生命繁衍、包容博爱的"地母"属性，而在《有生》中被赋予了命运的无常性、生命的庄严感和民族的寓言性。"地母"是人类学的重要原型，以繁衍、爱、包容、守护为主要内涵，象征着生命、温暖和博爱。不过需要强调的是，尽管"祖奶"有"地母"的文化属性，但胡学文在《有生》中并没有刻意强调、渲染这一属性，而是让她"自然地参与"到自己和他人的生命中去，以饱满的生命细节和日常的温度呈现出"祖奶"作为一个女人、母亲的宽爱、坚韧、贤德，同时对于历史长河中的芸芸众生，尤其是升斗小民投以最深情的注视。我们都知道，莫言的长篇小说《蛙》中，姑姑万心的形象也是一个曾经为一万个孩子接生的妇产科医生，当她回忆起自己的接生岁月的时候"双眼发亮"，"心驰神往地说：那时候，我是活菩萨，我是送子娘娘，我身上散发着百花的香气，成群的蜜蜂跟着我飞，成群的蝴蝶跟着我飞。现在，现在他妈的

---

① 莫言：《捍卫长篇小说的尊严》，《当代作家评论》2006年第1期。

苍蝇跟着我飞……"①而在《有生》中，没有蜜蜂、蝴蝶绕着"祖奶"飞，也没有从蜜蜂、蝴蝶到苍蝇的落差，自始至终，围绕着接生婆"祖奶"的是蚂蚁。整部小说300余次出现蚂蚁，"祖奶"86次看到或感受到"蚂蚁在窜"。胡学文一方面避免了对"祖奶"及其"地母"形象进行过度神圣化、生命哲学化的修饰；另一方面，也剥离了"祖奶"这样一个形象可能遭遇的生命政治、生育制度的意识形态冲突，而是以蚂蚁的意象，书写着大历史中繁衍不息的万千生民，彰显出他们卑微又坚忍不拔的生命精神。这是区别于莫言长篇写作中追求的"描写了人类不可克服的弱点和病态人格导致的悲惨命运""具有'拷问灵魂'的深度和力度"的那种"大悲悯"②，《有生》的"大悲悯"尽量蜕去关怀和悲悯中的戏剧性和知识分子视角，胡学文把自己的生命和《有生》这样一个巨大的文本完全消融在土地、乡民和文化的肌理之中，追求的是超越了历史、阶级（阶层）、性别等话语之上的更为平静也更为壮阔的"大悲悯"。这一点与《有生》的结构意识、叙事节奏、文本密度密切关联。

  胡学文把《有生》的结构称为伞状结构，大意即"祖奶"的视角是伞柄，如花、罗包、喜鹊、毛根、北风等其他视角是伞布或伞骨，除此之外，他并没有对所谓伞状结构进行过多的解释。其实一切都脱胎于胡学文在《有生》中，在长篇小说文体意识、乡土观念、生命意识等方面的"删繁就简"，伞状结构其实是一个简洁而稳固的结构，但同时又是一个对局部要求很高的结构，任何细节的问题都有可能导致"漏"或"散"。因此，胡学文在《有生》

---

① 莫言：《蛙》，上海文艺出版社2009年版，第22页。
② 莫言：《捍卫长篇小说的尊严》，《当代作家评论》2006年第1期。

这样的鸿篇巨制中非常重视文本的细节和叙事的节奏,他没有像近几年长篇小说那样过于侧重"叙事方式的多向度实验与探索"①,回避了大开大阖的张力,一步一个脚印,保持着动静、急徐、疏密、轻重、浓淡的协调,在具体的文本细部饱满、密实,毫无堆砌浮泛之感。孟子说:"源泉混混,不舍昼夜,盈科而后进,放乎四海。有本者如是,是之取尔。苟为无本,七八月之间雨集,沟浍皆盈;其涸也,可立而待也。"(《孟子·离娄下》)胡学文胸怀中的"大沟壑、大山脉、大气象"就是《有生》的源泉,藉此方能"盈科而后进"——源头活水注满文本中任何一个深浅的局部,然后再浩荡从容地流向远方,而不似"夏天的暴雨",贪多求快。因此,《有生》皇皇50万言才能够成为帕慕克意义上的"小说的大海":

> 在一部优秀的小说、一部伟大的小说中,景观的描述,还有那些各种各样的物品、嵌套的故事、一点点横生枝节的叙述——每一件事情都让我们体会到主人公的心境、习惯和性格。让我们将小说想象为一片大海,由这些不可缩减的神经末梢、由这些时刻构成——这些单元激发了作者的灵感——并且让我们绝不要忘记每一个节点都包含主人公灵魂的一部分。②

正是这样的"不可缩减"的密度成就了《有生》的有说服力的长度,也形成了它在长篇文体实践上的难度。吴义勤在谈到长

---

① 王春林:《叙事方式的多向度实验与探索——2019年长篇小说一个侧面的理解与分析》,《中国当代文学研究》2020年第2期。

② [土耳其] 奥尔罕·帕慕克:《天真的和感伤的小说家》,彭发胜译,上海人民出版社2012年版,第74页。

篇小说的难度的时候，着重强调了作家的文体意识："事实上，对长篇小说来说，其关注的根本问题和深层主题可以说是亘古不变的，无非就是生与死、爱与恨、人性与灵魂、历史与现实等，真正变化的是它的文体……对于长篇小说来说，也只有文体才最能显现作家的个性。"①也就是说，作家在进行长篇小说写作之前必须要对这一文体的内涵、边界有充分的理解和认知，对于当前长篇小说经常出现的诸如"倾斜的'深度模式'""技术和经验的失衡"（吴义勤语）等要有充分的警惕。胡学文显然为此做了充分的准备，正如我前面反复强调的，他有意识地在长篇小说的主题、形式、结构、内容等方面做了中年写作的"减法"，追求的是自然、温润、清晰、壮阔、浩瀚，而不是哗众取宠的惊奇、峭拔；他书写了自己流淌在血液里的、与自己的生命浑然一体的经验，拒绝攀附那些可能给作品带来所谓关注度、辨识度的符号。《有生》让我再次想起托卡尔丘克在诺贝尔文学奖的获奖演说中特别期待的那种"新型故事的基础"："普遍的、全面的、非排他性的，植根于自然，充满情景，同时易于理解。"②

正是在这样一个"反难度的难度"的意义上，胡学文和《有生》在长篇小说写作喧嚣、浮躁的当下，顽强而成功地捍卫了这一伟大文体的"尊严"。

---

① 吴义勤：《难度·长度·速度·限度——关于长篇小说文体问题的思考》，《当代作家评论》2002年第4期。
② ［波兰］奥尔加·托卡尔丘克：《温柔的讲述者——托卡尔丘克获奖演说》，李怡楠译，《世界文学》2020年第2期。

静默与无名的"问题性"
——《我的名字叫王村》读札

一

我越来越固执地认为,当一个阅读者的智识达到了某种成熟的状态时,就应该放弃从一部当下的小说中获取真正意义的滋养了。对于我来说,过量的、不加选择的阅读小说的职业行为是一种特殊的惩罚,冷酷又狡黠地制造着种种由贫乏、粗陋和重复引发的阅读性痛苦。就像苏珊·桑塔格所强调的,小说难以提供"新感受力",但这一断言并不能阻止源源不断的小说文本及其相应的阐释行为的灾难性累积,由此形成的复杂的消费景观和生产景观,使得真正意义的当代小说阅读变得愈发吊诡。由此,寻找一部值得阅读并迫使你思考的小说成为一个很难实现的"遭遇"。

法国学者让·贝西埃在他那部晦涩的著作《当代小说或世界的问题性》中重新定义了当代小说:"当代小说不是小说阅读之定义传统所设定的认同(I'identification)小说或互动(I'interaction)小说,而是意向性的辨认小说。这种辨认与行将定义的这种小说的定位（statut）分不开，它明显不再是小说再现对象的问题，而是任何人类行为、人类形象化的根源问题。"① 而这一类当代小说意味着它必须昭明某种"问题性"（la problématoicité）："任何语言、任何文化的读者，都可以从小说中读出人类所有类型的意向性和'原动力'（agentivités）②，而它们并不必然得到小说的明显展现。"由此形成的某种"问题域的游戏"或者"人物、行动、社会场景"的缺失，使得当代小说可以"把玩某种悖论：给出人的最广泛和最多样化的认同，并由此把它们置于最明确的叩问之下"。③

正是在这样一个"问题性"的视域里，我把范小青最新的长篇小说《我的名字叫王村》称作是一部真正意义上的"当代小说"（而不是褊狭的"乡土小说"），或者是一部值得去思考和玩味的小说。在阅读这部小说之前，仅凭它的名字我就失去了期待，因为在现代以来业已形成的关于乡村、乡土小说的庞大的经验范畴的阴影里，任何新作的出现都势必要面临米兰·昆德拉所定义的"重复的耻辱"。从目前有限的关于该作品的评论、阐释，以及傅小平对小说作者的访谈④来看，《我的名字叫王村》仍旧深陷一个写作传统提供的"某种范式、某种形式、某种系统"之中，譬如雷雨先生所总结的城市化、城市与乡村的博弈、沉默大多数

---

① [法] 让·贝西埃：《当代小说或世界的问题性》，史忠义译，北京大学出版社2012年版，第1页。
② "系英语词'agency'的改写，意谓当代小说青睐行动的再现，不是为了凸显行动本身。而是因为该行动蕴涵着种种意向的某种范式、某种形式、某种系统，而这一切都是阅读的主要支撑点。"同上，第2页。
③ 同上，第2页。
④ 傅小平：《范小青：中庸是一种强有力的内敛的力度——长篇新作〈我的名字叫王村〉即将推出》，《文学报》2014年月10日。

的牺牲品、知识分子等[①]，王侃先生所强调的"山乡巨变"、批判资本主义社会的寓言文本[②]，以及访谈中所涉及的现代社会人的困境、疑惑与温情、对现代社会压迫之抗争、社会底层、民间意识等，这一切在已经出现和正在出现的汗牛充栋的乡土题材的杰作或劣作中都已经被充分乃至过分地呈现了，而范小青又该如何区别于或超越于这些题材美学的乃至意义的拘囿呢？当我阅读完这部小说之后，这一疑问释然了，它蜕变为一个或多个其他的更具叩问功能的新的疑问；小说最后"弟弟"说："我知道我的名字，我的名字叫王村"，此刻的断言如此实在又如此虚空，它统摄了整部小说从结构到内容上所有的晦暗不明、模棱两可，从而凸显出惯有的阐释逻辑（包括他人和作者自我）是如何消耗和削弱着小说的复杂性，是如何掩盖着范小青在写这部小说时所遭遇的"静默"又"无名"的围困。

二

范小青在接受傅小平的采访时，经常表现出某种持续性的、莫可名状的"不确定性"："《我的名字叫王村》这部小说，可能没有一个十分明确的主题，也可能有数个主题、许多主题"；"我说不清楚，我难以用语言表达出来"；"这个问题，在写作中其实并没有考虑得很清楚，写作这部小说的过程，就是跟着'我'的内心在走"；"我不知道"……访谈中范小青也具体描述过自

[①] 雷雨：《中国有多少王村——范小青〈我的名字叫王村〉读札》，http://rushuiqingliang.blog.163.com/blog/static/206507148201452210520370。
[②] 王侃：《声声慢》，《收获》2014长篇专号"春夏卷"。

己这部新作的"不确定性"："一部长篇小说从头到尾弥漫充斥贯穿了不确定，这应该是一个尝试。既是艺术创作上的尝试，更是作者内心对历史对时代对于等等一切的疑问和探索。……所有的确定，都是为不确定所作的铺垫，确定是暂时的、个别的，不确定是永恒的、普遍的。比如小说中'我是谁'，'弟弟是谁'，'我到底有没有弟弟'，都是没有答案、也就是没有确定性的。"与同一访谈中那些关于目的、意义、价值等"确定性"相比，这些让范小青自己都无法把握的"不确定性"才真正把小说与复杂的"当代性"联系起来。"不确定性"是后现代哲学描述当代社会的一个基本判断，这一观点被米兰·昆德拉引申到他的小说理论中去了，他认为小说的智慧就是"不确定性的智慧"。当然，随着米兰·昆德拉在中国文学场域中逐步的"时尚化"，作家们标榜自己作品的"不确定性"成为某种惯例，但《我的名字叫王村》的确以其异质、断裂、矛盾和丰富的可能性完成了一次纯粹意义上的"不确定"，而它所依据的就是小说思维的"中间"状态。在《文学报》的访谈中，傅小平敏锐地捕捉到了范小青新作中人物的"中间"状态，而作者也坦承自己追求"中和之美"，不忍心把人物推向极致，刻意在小说美学中省下"一把力"。但事实上，《我的名字叫王村》所呈现的总体的"中间"状态要比这些简单的描述复杂得多、深刻得多，作者省下的那一把把力最终把小说推向了"不确定性"的"深渊"。

阅读过小说的人也许都有类似的感受：起初觉得很容易归类、命名，后来又觉得无法归类、命名。一方面，文本缺乏那种由复杂的故事和人物脉络编织的取悦读者的戏剧性，单一的、缠绕往复的叙事方式以狩猎者的耐心考验着读者，"去人性化""非人性化"的人物特征使得荒诞的美学氛围中分明闪烁着卡夫卡式的寓言性;另一方面,当你真的在詹姆逊的第三世界文学的寓言化过程中分析它时,又被文本中醒目的写实策略和随处可见的日常经验范畴阻隔了;但这些诸如基层贿选、非法征地、精神病院、救助站等现实经验,作者又无意于凸显其批判现实主义或魔幻现实主义层面上的明显的反抗性,也不着力塑造属于未来的理想形象或醒目的现实英雄,不宣泄愤怒与创痛,不刻意揭示触目又疲惫的真相,也不装点人道主义的虚假同情和生态主义的田园怀旧,这一切似乎又把文本推回到寓言性之中……总之,无论是在人物形象、小说美学,还是在一种形而上学、本质论意味上的小说思想、小说的智慧方面,范小青都有意无意地贯彻着这种欲言又止、欲说还休的"中间"状态,在任何一个层面上都"省下一把力",极力避免把任何的描述、断言和抒情推向"极致";既没有让小说重复成为浅薄的社会问题小说,被意义的暴政劫掠为日常经验的拙劣注脚,也没有堕入纳博科夫对《芬尼根的守灵》的嘲讽:简单的、太简单的寓言。最终,读者在这种微妙又简洁的"中间"状态中遭遇了太多的省略、断裂和留白,小说似乎涵盖了太多关于时代、关于乡土、关于人性的"原动力"(正如让·贝西埃所解释的,"这一切都是阅读的主要支撑点"),但这一切并没有"得到小说的明显展现",它们都只是各种醒目又简单的"意向性"的聚集:一切喧嚣之处都被"静默"所笼罩,而一切熟悉的经验范畴都陷入了叩问的"无名"状态。

三

"现代艺术家示范性的对静默的选择很少会发展为最终的简单化,以致他真的不再说话。更常见的是他还在继续说话,不过是以一种他的观众听不见的方式说。"①《我的名字叫王村》有一个《变形记》式的开始:我弟弟是一只老鼠。比格里高利·萨姆沙变成一只甲虫还要直接,还要"迫不及待",因此这是一个让人疑惑和厌倦的开始——它"愚蠢"地让读者带着先行的主题和熟悉的美学面孔进入文本。但随着阅读的深入,我们才发现"我弟弟"不是格里高利·萨姆沙,不是变成蝴蝶的庄子,不是《狂人日记》里的"我",不是《爸爸爸》中的丙崽,不是《生死疲劳》里的驴牛猪狗、大头婴儿,也不是《黄雀记》里的"爷爷",更不是安昌河《鸟人》里的"鸟人"、《鼠人》里的"东郭",他是一个极其静默的主人公,除了发出几声"吱吱吱……",说几句"老鼠老鼠,爬进香炉——""我的名字叫王村"等之外,在绝大部分时间是失语的,甚至在文本中总是处于一个被寻找的"缺席"状态,但正如桑塔格所概括的现代艺术家示范性的静默:"我弟弟"真的不再说话,却又在以观众听不见的方式继续说话。在小说中,"我弟弟"很难说是一个具体的人,他更像一个"阴魂不散"的、结结实实的幻影,像一个百思不得其解的莫名追问,又如同每个人身上一处可能随时浮现、随时褪去的隐秘的胎记,你可以忽视他、羞辱他,甚至践踏他,但是你似乎永远摆脱不了他。这典型属于雅斯贝斯在描绘"人类可能的未来"时所希冀的"无名者"。

---

① [美]苏珊·桑塔格:《静默之美学》,《激进意志的样式》,何宁等译,上海译文出版社2007年版,第8、9页。

"我"是弟弟的隐秘的同盟者，前者对后者的依赖是先验的，无需论证，也无需解释，而"我"的滔滔不绝、往复周旋与弟弟的沉默、静默既构成矛盾性，又折射出深刻的默契。"我们承认静默的力量，但还是继续说话。当我们发现没什么可说的时候，就想方设法来说出这一境况。"① 卡夫卡在修订《城堡》的时候有意识地删掉了 K 知晓或者思考、陈述自我动机、自我困境的句子，他希望读者自己去感悟 K 对抗的徒劳无功，而类似的句子在《审判》中还有所遗留。当女房东认为约瑟夫·K 被捕"里面很有学问"时，后者坚决予以否认："在我看来，它甚至不是挺有学问的，而根本就什么都不是"。在《我的名字叫王村》之中，"我"承担的就是类似的功能，"我"做了很多，说了很多，但都是于事无补、徒劳无功的：用语言和劳作的无效性来凸显更为广袤的"静默"。周旋于家庭、村庄、医院、救助站、精神病院的"我"，某种程度上就如同范小青所说的，"通过这种设置，体现现代人迷失自己、想寻找自己又无从找起，甚至根本不能确定自己的荒诞性。"② 而这一境况并不需要"我"的诉说，也不需要任何心理活动的暗示，如同"弟弟"，在"我"身上同样看不到任何具体的立场，也看不到任何旗帜鲜明的异质性。傅小平认为"我"有着一种"根本的不可调和性"，"是极其坚韧的承受者"，"而这种承受最后都体现为一种不可摧毁的，带有圣洁光彩的力量。"范小青同意这样一种判断，并高度评价了"我"这种类型的人物："他们沉在最底层，他们懵懵懂懂，混混然，茫茫然，常常不知

---

① ［美］苏珊·桑塔格：《静默之美学》，《激进意志的样式》，何宁等译，上海译文出版社 2007 年版，第 13 页。
② 傅小平：《范小青：中庸是一种强有力的内敛的力度——长篇新作〈我的名字叫王村〉即将推出》，《文学报》2014 年 4 月 10 日。

所措，但同时，他们又在历史的高度上俯视着，一切尽收眼底，看到一切的聪明机灵、一切的设计争夺，都是那样的混沌和不值一提。"① 但这种对"我"乃至弟弟的理想化归类显然脱离了文本的实际，也有违"中间"状态写作的基本边界，剥夺了文本丰富而复杂的"问题性"，把它削减为一部潜隐的"励志小说"，把"我"或弟弟从一种"无名"状态拉回到"有名"状态，或者把文本这样一种深刻的"无名"改写为"无名英雄""无名的裘德"，而不是"道常无名"（《道德经》第三十二章）的"无名"。

四

"无名者是无词的、未经证实的和不严格确定的。它是在看不见的形式中的存在之萌芽——只要它依旧还在生长的过程中，并且世界还不能对它有所响应，那么它就是如此。它好像一束火焰，可以点亮这个世界，也可能只是一堆在一个焚毁了的世界中幸存的余烬，保存着可能重新燃起火焰的火种，或者，也可能最终返回它的起源。"② 雅斯贝斯对"无名者"的描述是"中间"状态的、不确定的，似乎隐隐地契合着鲁迅对"大时代"的概括："中国现在是一个进向大时代的时代。但这所谓大，并不一定指向可以由此得生，而也可以由此得死。"③ 无名的力量就是这样

---

① 傅小平：《范小青：中庸是一种强有力的内敛的力度——长篇新作〈我的名字叫王村〉即将推出》，《文学报》2014年4月10日。
② [德] 卡尔·雅斯贝斯：《时代的精神状况》，王德峰译，上海译文出版社1997年版，第162页。
③ 鲁迅：《〈尘影〉题辞》，《鲁迅全集》（第三卷），人民文学出版社1981年版，第554页。

一种悬空的、"中间"状态的力量,它以"静默"维系着这个时代、这个世界特殊的丰富性、多元化和复杂化。因此,我们没有必要把无名知识化、历史化,甚至"感官化",我们应该允许他或他们成为一种不确定性的力量,成为《我的名字叫王村》中那些脆弱的、随波逐流的历史中间物,成为一个面对时代困境既不回避又不明确回答的界桩。

但当代人的言说或者当代小说之所以缺乏必要的"问题性",就在于"在普遍提倡艺术的静默的时代,喋喋不休的艺术作品却日渐增多"。[①] 这些喋喋不休的作品注重于贩卖同情、标榜立场、显现情怀、指明方向……在一个语言已经变得虚假空洞、卑屈无力的舆论时代,专注于宣告和断言无疑在回避主体面对世界的那种特殊的矛盾性。《我的名字叫王村》没有陷入这种普遍性的"喋喋不休",并非作者范小青不熟悉那些批判性的日常经验范畴和当代乡土小说的美学、社会学边界,只是她不想再创作另外一部《城市之光》《城乡简史》或《赤脚医生万全和》,做一个"知识分子"、生态保护主义者、文化悲观主义者或道德理想主义者,比做一个有"问题意识"的小说家要容易得多。所以,有"问题性"的小说就像让·贝西埃所说的,有能力去"把玩某种悖论:给出人的最广泛和最多样化的认同,并由此把它们置于最明确的叩问之下"。"我的名字叫王村"印证的不是认同的溃败,而是认同的重构。现代性作为一场战争显现着人与自我的无休止的缠斗,我们必须隆重地面对自己努力创造的这个世界的威胁,同时又必须或主动或被动地延续和维系这种威胁。我们不能一方面抱

---

① [美] 苏珊·桑塔格:《静默之美学》,《激进意志的样式》,何宁等译,上海译文出版社 2007 年版,第 29 页。

怨和批判现代性及其后果，另一方面又从身体到精神上成为寄生在世俗化、城市化之上的享乐主义者。如同查尔斯·泰勒对现代认同的重新理解：人类的困境不是一种暂时的状态，我们必须学会承认这种几乎难以遏制的"堕落"的状态也是我们另一种"在家的感觉"；自我不是一种可以框定的形态，而是一种不断生长的、有巨大的可塑性、无限的可能性、无限的内在深度的"过程"。站在失去的故土上，或者站在城市的人流中平静地说："我的名字叫王村"，与说"我的名字叫北京"有什么区别吗？此时那个悖论式的"最明确的叩问"很简单：我或我们该怎么办？之所以是悖论就在于它既不能回避，也无法回答；既不给你提供希望，也不促使你绝望。这就是《我的名字叫王村》经由"静默"与"无名"所提示的深刻的"问题性"。

坦率地说，你很可能"不喜欢"《我的名字叫王村》，因为你喜欢的是"中国好声音"或《后会无期》。不要在喜欢、不喜欢的层面上考量这部作品，它于我们而言更像是一场不得不面对的"遭遇"，它的意向性的"问题性"、它的"中间"状态拒绝给我们任何具体的答案和方向，给我们的只有思考的疲惫和莫可名状的哀婉。"静默隐喻着纯净，不受干扰的视野，正适合那些本质内敛，审视的目光也不会损害其基本的完整性的艺术作品。观众欣赏这种艺术如同欣赏风景。风景不需要观众的'理解'，他对于意义的责难，以及他的焦虑和同情；它需要的反而是他的离开，希望他不要给它添加任何东西。沉思，严格来讲，需要观众的忘我；值得沉思的客体事实上消解了感知的主体。"① 《我

---

① ［美］苏珊·桑塔格：《静默之美学》，《激进意志的样式》，何宁等译，上海译文出版社2007年版，第18页。

的名字叫王村》对于当代小说而言最重要的也就是它对那些漫无边际的、喋喋不休的"感知的主体"的拒绝，而这一拒绝又严格区别于现代主义的那种封闭的寓言性的晦涩，它的拒绝是开放性的、可感的，通过自身特殊的"问题性"，它把我们带到无法忍受的静默和无名之中，有所从来，无所依傍，永远不能放弃那消极的寻求……

世情、中年性与当代经验
——朱辉小说集《视线有多长》读札

多年前，汪政先生在关于朱辉小说的评论中强调过"似曾相识"这样一种感受，指出其小说的"实在"，其创作显现的小说"传统的力量和惯性的吸附力"，以及他对故事化和戏剧化的关注（《似曾相识燕归来——朱辉小说论》）。多年后，我们再看朱辉近期的创作，尤其是这本名为《视线有多长》的小说集，首先被我们清晰感受到的，仍旧是这种始终如一的"似曾相识"，或者说是对一种纯粹、朴质的小说传统或写实传统的持守。

如果我们缩小这样一个"似曾相识"的美学背景，把朱辉的小说创作放到南京小说家这样一个地方性写作的范畴中考量，那么"似曾相识"的审美感受可能会更加清晰或明确化。当代南京很多小说家都衷情于或善于用一种极具人间味、烟火气和市民色彩的世情小说的笔调书写自己的当代经验，苏童、叶兆言、毕飞宇、韩东、朱文、顾前、赵刚、余一鸣、曹寇等等，无不如此，尽管他们这一类型的小说在肌理或情怀上有很多差别，但在对世俗人生、饮食男女、家庭人伦、欲望情爱等日常化内容的描摹和呈现方面，有着非常明显的共通性。比如，《视线有多长》这本小说集中很多小说都是当代都市情爱、情欲方面的，把这些小说与毕飞宇的《相爱的日子》《火车里的天堂》，叶兆言的《马文的战争》《李诗诗爱陈醉》，余一鸣的《入流》《不二》，或者韩东最新的长篇《爱与生》，曹寇去年发在《收获》上的《在县城》等，放在一起，他们在美学或者是腔调、气息上的某种亲缘性就会凸显出来。某种意义上讲，这种小说上的世情书写特征已经形成了南京小说群体的一个小小的传统，这既与南京的地域文化特征、作家的文化品格有关，也与他们藉此形成的小说意识有关。比如朱辉强调自己的小说追求一种恰当的温度，38度，36度，就是略高或略低于正常体温，这种对文学书写与现实关系的界定与苏童的"离地三公尺飞翔"，或者毕飞宇所说的"小说内部的温度和速度不能失衡"等小说观都是一致的。

此外，我们从朱辉的近期创作，再结合南京小说家的这种世情书写的小传统，不难看出一种越来越突出、越来越浓烈的倾向，或者说是形成的一团情感和美学的氤氲，即中年性，或中年写作的特征。90年代以来，经过肖开愚、欧阳江河的阐释和构筑，中年写作这样一种话语在诗歌领域里颇为盛行，我个人感觉其中对中年性的概括和描述与小说家所遭遇的当代经验颇为一致。比如肖开愚在《抑制、减速、放弃的中年时期》所说的，"中年时期的作品中包含的太多的动机相应处于两个方向上，一个向着早期的斑烂、含混，一个向着晚年的冷峻、单调。也就是说，中年的复杂不是'少'所产生的质的复杂放射，而是思想、内容、形式、信仰的一切方面的犹豫和困难，是两个向度上的恋恋不舍和畏惧。"还有欧阳江河说的，"中年写作与罗兰·巴尔特所说的写作的秋天状态极其相似：写作者的心情在累累果实与迟暮秋风之间、在已逝之物与将逝之物之间、在深信和质疑之间、在关于责任的关系神话和关于自由的个人神话之间、在词与物的广泛联系和精微考究的幽独行文之间转换不已。"

我们看朱辉的小说，无论是题材、内容，还是人物形象的性格特征、生活遭际，以及其中弥漫的情绪，都与上面描述的中年性相契合，尤其像小说《长亭散》《止痒》的结尾，最为典型。当然，当代小说创作中类似的中年性特征比比皆是，因此，说白了，中年性也即当代性，阿甘本在定义当代性时强调，个体与时代的关系就是既依附于时代又保持距离甚至脱节，像朱辉的创作，甚至他作为作家的存在形态都显著地体现着这种奇特的当代性。而这对于作家是重要的，因为他经由这种当代性得以审视时代，死死地凝视时代，也即锻造成为阿甘本意义上的"当代人"："当代的人是一个坚守他对自身时代之凝视的人，他坚守这种凝视不是为了察觉时代的光明，而是为了察觉时代的黑暗。对那些经历当代性的人而言，所有的时代都是晦暗的。当代的人就是一个知道如何目睹这种晦暗（obscurity），并能够把笔端放在现时的晦暗中进行书写的人。"

通过这一视角我们再考察朱辉的创作，像这本《视线有多长》，几乎就是中国当代人性、文化尤其是城市世俗情欲的"病相报告"。刚才我们举例的叶兆言、毕飞宇、韩东、曹寇等相似题材的写作无不如此。但这种晦暗并不指向绝对的黑暗或者绝望，尤其朱辉的创作，晦暗并不是冰冷的，而是有体温的，是一束试图抵达我们却未曾抵达的光，在我们身边忽隐忽现。或者用阿甘本的话来说，"这种黑暗就不应该被当作一种惰性的或消极的形式。相反，黑暗表达了一种活动或一种独特的能力。"

  当然，我们也必须意识到，中年性或中年写作阶段及其呈现的某种当代性也是有局限的。就像肖开愚所说到，"我们开始进入漫长的中年时期了。从独立的作品和独立的写作角度看，这一时期是平庸和拖沓的，因为它介于青春的激情与老年的明净之间，是一个截然的否定性的阶段。"尽管朱辉在努力避免这种局限，但是文学书写的中年性背后是更为顽固的、当代文化甚至文明的中年性，后者具备更为强大的控制力和消解性，它深刻地影响和改变了90年代至今中国小说家各类题材的写作。当那些"深刻地依赖于特定历史阶段的梦想的力量、'希望原则'或者'乌托邦力量'（耿占春）被当代文化的中年性剥夺消解之后，我们该如何讲述中国故事？或者按照马克思所说的，坚固的烟消云散、神圣的被亵渎之后，人们该如何"不得不冷静地直面他们生活的真实状况和他们的相互关系"？我个人认为，小小的、卑微的、私人性的、别人的、轶闻式的、新闻式的、丑闻性的、偶然性的、意义微弱的各种世俗化、世情性书写是一种有价值的回答，但应该还不是最好的回答。朱辉曾经非常清醒地觉悟出这样一个让人畏惧的"真理"：小说创作是一个无底洞。而在这样一个由晦暗启发光亮的无底洞里，朱辉该用怎样更具魔力和穿透性的小说去对应愈发复杂、冷峻的中国现实、当代经验，这样一个问题也许是《视线有多长》之后朱辉创作的某种起跳之处。

关于"局部"作家曹寇

作为"后他们"时代南京最风格化的小说家,曹寇具有某种"承上启下"的功能,而且这种"承上启下"有着一种潜在的破坏性,也即,曹寇一方面继承了"他们"对宏大叙事、乌托邦、希望原则的无情嘲弄和坚决摒弃,另一方面,在"日常主义""平民化"等维度上,他走得更远,或者说走向了极致,所谓的"无聊现实主义"中那些新的"漫无目的游荡者"(葛红兵)、"卑污者"(郜元宝),已经消解了"他们"一代纠缠始终的创新、突围的焦虑,反抗、断裂的冲动。曹寇是一个懂得自嘲的虚无主义写作者,他的写作没有明显的文学目的性和流行的"野心勃勃",也不刻意建构"旗帜""符号",他真正实现了韩东所说的"无中生有又毫无用处""降低到一只枯叶的重量"。他在《我看"创作"》中说,"我已经写了十多年小说,却觉得自己完全不会写小说,眼前一片黑暗。"在近期一篇的"自传性"小说中,他借人物之口再次申明,"时至今日我仍然认为,书法家是个笑话,就好比小说家是个更大的笑话一样。我只是无事可做。" 拉波尔特在谈论布朗肖的时候写到,"瓦雷里:'乐观主义者写得很糟糕。'但是悲观主义者不书写。"(《今日的布朗肖》)曹寇是悲观主义、虚无主义者中还在坚持写作的人，这成就了他的锋利和睿智，也在消解着一些曾经生机勃勃的野蛮力量。从某种意义上讲，当代文学最具活力和野性的"他们"文脉，被曹寇的冷静和"虚无"一手"终结"，韩东、朱文、顾前、鲁羊、吴晨骏、刘立杆、外外，还有曹寇、赵志明、李樯、李黎、朱庆和，以后的南京乃至全国再也很难有这样的"一群"作家了，这是一个令人伤感的现实，正在"生动"地实现——已经不可逆转。

曹寇代表着南京乃至当代中国文学，尤其是青年写作的某种特殊的质地和倾向，在他的作品和小说观念的影响下，一个结构松散但旨趣亲近的文学群落已然形成。曹寇代表着这个群落的"文学形象"，由此也戏剧性地印证了韩东对他的"夸奖"："小说大师的年轻时代"。与韩东类似，曹寇不仅仅是一个小说家，而且是一个突兀的、持续性地制造着"不适之感"的文学形象。同时，作为一个风格化极其突出的小说家，曹寇引领和召唤出一种风靡一时的写作倾向，在启发了一批青年写作者的同时，曹"大师"也成了一些年轻人无法摆脱的与风格、表现力和智性有关的阴影，这一阴影最后也将长久地"限制"和影响着曹寇自身的创作和"生长"。

这么多年来，无论是他的小说作品，还是随笔、散文和言谈，几乎看不到虚伪的、大而无当的"蠢话"，这是一种越来越罕见的文学品质。当然，这是通过极大降低话语和叙事的戏剧性和丰腴性为代价的，这一代价给曹寇的写作带来了某种"局部"性或者所谓的"局限性"。把曹寇称为"局部"作家源于其最近的一个短篇小说《文艺生活的局部趣味》。曹寇的风格是局部的、题材是局部的、经验是局部的、优点是局部的，当然，缺点也是局部的。局部即对应着某些局限性，与那些焦虑于自身局限性的青年作家不同，曹寇并不急于通过嫁接历史和知识的策略，扩张自身的经验和视域，而是几乎"故步自封"于自身的"局部趣味"。对于曹寇的写作而言，这种"局部"或"局限"就像是建筑的层高，其实是很难突破和逾越的。比如《市民邱女士》《塘村概略》（如同阿乙的《下面，我该干些什么》）就试图为日常化叙事植入一些评论家、阐释者乐于"发现"的那种日常生活、热点事件的"复杂性"，此时，曹寇摆好阵势，想与强大、顽固的世俗人性的愚蠢和偏见短兵相接，并且生发出与众不同的"观点"和"意义"，结果是"层高"不够，就像是小孩穿上了大人的衣服，显得有些笨拙和滑稽。所以，从某种意义上讲，曹寇必须坚守这种"局部"，正如其自己的辩解："事实上，关于局限性的问题本来就是个伪问题，它所指涉的其实是成功学，而非文学。在我看来，无限放大我们的局限性，才是文学的价值所在，也唯有在局限性中，我们才能获得诚实和切肤。好的作品，无非是灵与肉无比合身的结果。"而问题在于，"局限""局部"该如何面对重复和贫乏。

具体谈论曹寇写作的特点，几年前我有一个短评，由于曹寇写作对"局部"性的固守，因此，其中某些论述仍旧有效，现在撷取片段赘述如下：

《屋顶长的一棵树》延续了曹寇小说在故事和人物上的平庸的、日常的、琐碎的"草性"，那些"野火烧不尽，春风吹又生"的平凡人物身上的欲望、梦想、呓语乃至毁灭，都在曹寇徐缓有致、絮絮叨叨的日常化叙事之下，呈现出琐屑与宏阔的奇特张力；人性在孩童时代观看、赏玩事物的不厌其烦的耐性，被曹寇顽固的青春记忆无限推延，然后经由他粗鲁、俏皮、反叛却又无比真实的语言风格，结构成一幅幅看似了无生趣，实际趣味丛生、机锋不断的生动画面。曹寇写作的"草性"或者"庸常性"，严格区别于那些自然主义的"新写实"和矫揉造作的"批判现实主义"，更不屑于与那些伪造的"民间""底层""草根"等名目繁多的阶层性书写为伍，他只是一个小声说话、絮叨些无聊的事的人，他的那些偶然性的写作既不想供人娱乐，也不想启蒙、教化。那些边缘的、平凡的、失败的小人物身上的顽固的、无聊的庸常性及其苦痛，映射的并不是某一个阶层、某一类人的病症，而是包括他自己在内的每一个人的、每时每刻都无法脱离的困境。由此，曹寇写作的这种顽强的"草性"也就成就出他在当代青年写作和当代小说美学上不可多得的独特"操行"。

  实际上，真实、真诚、真相三个"真"就足以完成曹寇小说的"操行评语"。他以真实得让人厌倦和绝望的现实，与真诚得荒诞不经乃至让人啼笑皆非的生存态度，逼迫出日常生活每一个缝隙中或赤裸裸或妙不可言的真相。这种特征在《屋顶长的一棵树》中尤其明显，证明他已经基本上从他的南京前辈的"影响的焦虑"中走出了，那种为了表现反叛姿态而生的"为真实而真实"的日常化、欲望化叙事，也已逐步被一种从容、萧散、机敏的叙事方式取代了。曹寇不为潮流写作，不为批评家写作，甚至也不是为读者写作，他的这些小说"习作"不过是一个平庸、卑微的人的自我慰藉，或者就像叶兆言所说的，曹寇不过是南京那些"玩小说"的人之一，只是他玩得很好。这种创作态度在当下的中国小说家中还是比较少见的，如今，文坛上充斥着太多大而无当、虚与委蛇、"假模三道"的小说劣作，真实而有趣的小说成了一味"药"，来暂时性地解一解那些虚伪的陈词滥调的"毒"。

如今，这仍旧是曹寇的"局部"，或者说是"局部"的曹寇。多年之后，当我重新引用以上的文字时，时间和当代文学的整体性贫乏已经耗尽了当年文字中包含的某种"批评""批判"的合理性、必要性，此时，我竟然觉得这种"局部"未必需要更改或者超越。就好比以下的文学"如果"是毫无意义的：如果曹寇和顾前少喝几顿酒、少打几把掼蛋，那他们就有时间写出更多的好作品，或者不至于像现在这样"故步自封""后劲不足"。因为我们无法在一个单纯文本的、进化论式的观念系统中评价这样一些作家，他们并非绝对忠诚于所谓"文学"，或者说一般意义上作为一种观念系统和生活方式的文学不过是"他们"人生的"局部"，而且并非是最重要的"局部"。

　　以下引述的两段布朗肖的话，曾经在一个评论中"赠予"了黄孝阳（他与曹寇是南京小说界两种迥异风格的代表，始终处于表面互相恭维、背后互相"鄙视"的极端分裂状态中），现在再次赠予"局部"作家曹寇：

　　"文学的本质目的或许是让人失望。"

　　"我们这个时代的任务之一，要让作家事前就有一种羞耻感，要他良心不安，要他什么都还没做就感觉自己错。一旦他动手要写，就听到一个声音在那高兴地喊：'好了，现在，你丢了。'——'那我要停下来？'——'不，停下来，你就丢了'。"

2017 年 11 月初稿

2019 年 6 月改定

（《青春》2019 年第 8 期）

"人在最饥饿的时候会做什么？"
——关于孙频的《松林夜宴图》

这是一部有关"饥饿"的小说，不过这里的"饥饿"与"外公"被暴政施加的生理性"饥饿"没有本质的关系——仅仅是一个女性"创伤"的心理学开端，因此，作为一部"饥饿小说"的《松林夜宴图》显然就与我们熟悉的《绿化树》《狗日的粮食》《米》《许三观卖血记》《棋王》《夹边沟纪事》等作品不同，前者更像是《饥饿的郭素娥》与《饥饿的女儿》的当代变体，有着显而易见的女性写作特征，并呈现出诸多与当代性相称的复杂的、悖论性的镜像，从而把"饥饿"从历史、生理、性别的层面推向小说观念、主体建构的层面，并最终将文本和叙事主体彻底消解。

《松林夜宴图》设置了一个历史性、政治性"创伤"的开端，当然，这一开端不过是一个假象，小说的叙事朝向宏大叙事、历史化经验虚晃一枪，然后经由"创伤"的代际传播急速奔向"女性"及其身体，完成了一次关于女性命运、女性创伤的不无"奇特"之处和戏剧化的"重述"。"外公"的故事和他的"饥饿"，以及白虎山上的累累白骨、《松林夜宴图》那隐秘的沉默，构成了"李佳音"无法忘怀的、个人性的"创伤"记忆。在加布丽埃·施瓦布(Gabriele Schwab)关于"创伤"记忆与书写的研究中,她指出:"集体创伤以各种曲折的方式传给个体。有些个体一次又一次地承受灾难性创伤的重创。然后,借如影随形的生存策略,创伤变成一种悬而未决的状态。防卫和否认、不断重复的创伤变成了第二自然。作为一种存在方式,创伤粗暴地中断了时间之流,瓦解自我,戳破记忆和语言之网。""李佳音"就是这样一种集体创伤的承受者,她几乎是命定地陷溺于回忆的"灵魂监狱",患上弗洛伊德所讲的"命运神经症",生活在可怕的诅咒之中,无论如何逃离、流浪、反抗都似乎无法挣脱。她与"罗梵"的爱以及这一"爱"的消失、重现、死灭,构成了"李佳音"独特的精神"秘穴":"秘穴是失败的悲悼的结果。它是自我在心中为失去的爱恋对象准备的墓地。失去的爱恋对象如活着的死者,被藏存在自我内部。秘穴是内在空间中充满忧郁和悲哀情调、模仿创伤损失的建筑结构。"这一"秘穴"对于"李佳音"而言,既是女性的一种防卫机制,类似于很多女性主义观念和女性主义写作中的"私人性",以及相应的"幽闭倾向"与"逃离冲动",同时又是《松林夜宴图》的最为重要的叙事动力,这两者被孙频冒险性地纠结在一起,或者在她看来,女性精神和身体的"秘穴"就应当淋漓尽致地去呈现"饥饿"、探究"饥饿",哪怕最后被"饥饿"吞噬。

当年红极一时的"私人化写作",曾经陷入这样的悖论:女性作家们试图"突围",但最后却变成了一次"突围表演",一切渴求都更加无助,一切"创伤"都沦为毫无意义的"符号"。孙频在《松林夜宴图》里实际上是在有意无意地重复着这样一种悖论,"李佳音"的"秘穴"需要保持内在的沉默以隐藏秘密和创伤，以保持一种与世界的微妙的分离状态，而孙频却采取了相反的叙事策略，她把女性主体的"秘穴"植入现实和日常生活的核心地带，让它去面对甚至回应它根本无法安置自身的各种"喧嚣"。一方面，政治创伤被以"秘密"和"恐惧"的形式植入女性的成长经验，"李佳音"与作者孙频、诗人余秀华和横行胭脂（小说中大量引用和化用她们的诗歌）、"常安""白小慧"等结成一个潜在的女性同盟，她们自由而浓墨重彩地表达着女性的诉求、渴望、痛苦、纠结、抗争、流浪、溃败、哭泣……悖谬性地凸显出了女权主义者所否定和批判的、男权的期待视野里的"女人气"（womenliness）或"女性性"（femininity）。另一方面，孙频又策略性地把女性的"秘穴"与艺术的神圣化、神秘化，把女性的孤独与艺术家的孤独构置在一个平行的叙事空间中，始终保持着某种依存关系和对话关系；小说中植入了大量艺术经验，古典的、当代的、美学的、资本的……以期用"艺术"来强化和烘托"女性"的经验、命运。这两个方面在"李佳音"（或者也同时在作者孙频）那里形成这样一种特殊的主体想象："艺术家，一种怪兽与斗士的混合体。一个被大众嘲笑的符号和意淫的诺亚方舟。她是被贬黜到人间的地藏菩萨，即使她身上的泥塑金粉败落，可她的内胆也仍然是一尊菩萨。所以当她和她们同处于一间办公室里的时候，尽管她让自己处在一个位于她们下方的水底世界，她们乘坐的划艇恰恰位于她的头顶之上，但她的每一寸神情每一条丝巾每一只耳钉都在无声地叫嚣着，她和她们是不一样的，她是不可能和她们一样的。就算她每天早晨乘两个小时的地铁来上班，就算她三十多岁了还一无所有，她也是和她们不一样的。"

然而，真是不一样的吗？"不一样"不过是女性艺术家关于艺术和性别"界限"的一种抽象的假想："到最后，生活中的一切必须要被给予某种形式，甚至连反叛也是如此。最终，一切都会变成生活中巨大的陈词滥调。"（马洛伊·山多尔《伪装成独白的爱情》）"人在最饥饿的时候会做什么？"孙频把"饥饿"作为窥探"当代性"的一个心理学窗口，她把"李佳音"塑造成一位阿甘本意义上的"既依附于时代，同时又对它保持距离"的"当代人"："紧紧凝视自己时代的人"，"感知时代的黑暗而不是其光芒"，并"将这种黑暗视为与己相关之物，视为永远吸引自己的某种事物，与任何光相比，黑暗更是直接而异乎寻常地指向他的某种事物。当代人是那些双眸被源自他们生活时代的黑暗光束吸引的人。""外公""罗梵"就是这黑暗光束，而自身内部的"秘穴"、共同体的"秘穴"、时代的"秘穴"亦是这黑暗光束。然而，"与恶龙缠斗过久，自身亦成为恶龙；凝视深渊过久，深渊将回以凝视。"（尼采）《松林夜宴图》探究"饥饿"最后却成为"饥饿"的表征，小说成为一个有关"饥饿"和"喧嚣"的文本，一个总是被饱满的"饥饿感"控制的文本：女性是饥饿的、艺术是饥饿的、历史是饥饿的、当下是饥饿的……过多喧嚣的"饥饿"事实上把"饥饿"解构了，"饥饿"失重了，"李佳音"最后所谓"失去了恐惧之后的任性与骄傲""生活失重之后近于荒谬的喜悦和轻盈"不过是一种自我慰藉的错觉，而"她对她即将看到的东西越来越确切，清晰和渴望"，也同样不过是一种幻想：一切都会变成生活中巨大的陈词滥调，你越是穷形尽相地试图去呈现它，就越是如此。

小说的结尾有一种奇妙的"不合时宜"感，或者说是孙频有意识地把小说"封闭"起来，既然未来是不可期的，那就把一切生硬而决绝地交付给"历史":"画中的女子静静地站在雨中,不知在那里等待什么。"

等待什么?等待"饥饿"在下一刻继续占有我们,等待疑问在下一刻继续拷问我们:"人在最饥饿的时候会做什么?"或者,进而言之,小说、小说家在"最饥饿"的时候会做什么?

这也许才是《松林夜宴图》给予我们的最有益的"启示"。

生活的黑暗光束与小说的"现实性"
——由禹风的《鳄鱼别墅》想到的

写小说意味着在人生的呈现中把不可言诠和交流之事推向极致。囿于生活之繁复丰盈而又要呈现这丰盈，小说显示了生命深刻的困惑。

——本雅明

历史场景的终结，政治场景的终结，幻觉场景的终结，身体场景的终结——淫荡侵入。秘密的终结，透明侵入。

——波德里亚

1

当前中国主流的小说写作深深陷溺于过时了的、浅薄化的现实主义泥淖，继续挥舞着罗伯-格里耶所批判的"对付左邻右舍的意识形态旗帜"，"成为一种庸俗的处方，一种学院派"；或者就是亢奋地迎合着詹姆斯·伍德所指出的那种拥有一套造作、毫无活力的技巧的商业现实主义:"已经垄断了市场,变成小说中最强大的品牌。"然而,无论是罗伯-格里耶的《为了一种新小说》,还是詹姆斯·伍德的《小说机杼》都不会借此纵容我们片面地理解或否定"现实主义",他们并不否认小说写作必须具备一定的"现实性",或者就是伍德所刻意强调的"生活性"(lifeness)。但是对于那些严肃认真的、像敬业的工匠一样尊重自己的手艺的小说家而言,在当前的媒介环境和消费语境下构筑出自己小说独特的"现实性"是非常困难的,甚至可以说是一个最为严峻的挑战。毕竟,我们不能怀疑苏珊·桑塔格的判断力,因为她说过小说不会再给我们提供新感受力;也不得不痛苦地思索斯坦纳为什么推崇"非小说"(类似于"非虚构"),认为小说"大多写的不好,感情苍白,难以与事实冲动压倒虚构的写作形式比肩"。况且我们的网友们也早就喊出"中国的新闻比小说精彩"这样的口号,而王安忆、贾平凹这样的作家近期也曾声称不再看虚构叙事文学,更喜欢"非虚构"。所以小说家必须要以自己义无反顾的勇气和非凡的洞察力,去追求和探索小说那独一无二的、无法替代的"现实性",并且在这一过程中凸显出小说这一文体在当前必须呈现的"难度"和"困境",方能证明阅读小说以实现我们的"第二生活"是必要和可能的。

以赛亚·伯林在谈论"现实感"的时候曾经说过:"每个人和每个时代都可以说至少有两个层次:一个是在上面的、公开的、得到说明的、容易被注意的、能够清楚描述的表层的,可以从中卓有成效地抽象出共同点并浓缩成规律;在此之下的一条道路则是通向越来越不明显却更为本质和普遍深入的,与情感和行动水乳交融、彼此难以区分的种种特性。以巨大的耐心、勤奋和刻苦，我们能潜入表层以下——这点小说家比受过训练的'社会科学家'做得好——但那里的构成却是粘稠的物质：我们没有碰到石墙，没有不可逾越的障碍，但每一步都更加艰难，每一次前进的努力都夺去我们继续努力下去的愿望或能力。"那些围绕着制度豢养、意识形态引诱和商业利益驱动而不断生产的现实主义写作，其所呈现出的"现实性"无疑是第一个层面的，这一重的现实性成就也拘囿了大部分的小说家，或者是小说家的某一阶段的写作；而小说家真正需要切入的现实却又充满了动态性和不确定性，作为一种"粘稠的物质"，其既是虚构性叙事可以触及的，又是变动不居、莫可名状的，小说家对于它的任何一种形态的靠近，都需要逾越诸多看不见的石墙，并艰难克服第一层次现实形成的关于"真实性"的迷障。当契诃夫批评易卜生不懂生活的时候，证明他并不认可易卜生戏剧所提供的"现实性"，甚至可能认为这些戏剧作品根本就没有触碰到作为生活本质的那些"粘稠的物质"。正如普鲁斯特、纳博科夫、马尔克斯、村上春树坚信托尔斯泰是伟大作家一样，他们并不会因为《战争与和平》是传统现实主义作品就否定它呈现出的那种宏大又精微的"现实性"、那种"生活中骤然凝聚起来的密度之美"（米兰·昆德拉）。当年，纳博科夫在美国大学的课堂里大步走到窗边，拉开窗帘，让外面的阳光充满整个教室，然后大声喊道："这就是托尔斯泰！"在学生们的震撼和惊愕中，我想托尔斯泰的"现实性"必定穿越了时空，也逾越了小说形式的障碍，在所有的时刻和空间熠熠生辉。

　　我想说的是，我们的小说匮乏这样的"现实性"，甚至更可怕的是，匮乏突入和靠近这种"现实性"的野心和蛮力。固然这是一个务实的、追求真实而非崇尚想象力的时代，是过量的信息和故事榨干了读者的"阅读期待"的时代，但恰是这样的时代也同样造就了史无前例的、复杂的"现实性"——任何时代的小说家都没有这么多的、这么诡异的"粘稠的物质"。那此刻，"现实性"的匮乏就是小说家的一种毫无责任感和叙事"义务"的逃逸。

禹风就是在这样一种小说的"现实性"的大匮乏的时代再次进入"小说"场域的，因此，"现实性"也就成为我窥视和探究他的写作的一个方位基点。

2

在徐勇对 2017 年中篇小说发表情况的统计中，禹风排名第二（发表 4 篇）（《中篇小说如何解决"同时代性"问题》）。记得十年前，孟繁华在《一个文体和一个文学时代——中篇小说三十年》中曾经把中篇小说称作"高端艺术"，而这里的"高端"实际上是指中篇小说在介入中国现实、"讲述中国故事"的历史进程中，有着无可替代的叙事功能和文体价值。简而言之，中篇小说最为考验一个中国作家的实力和小说意识，作为一个重要的文体，它对于在讲述"故事"的过程中构筑小说家的"现实性"有着先天的"渴求"，对于呈现现实生活中潜藏的"粘稠的物质"也有着不同于其他文体的"执着"。所以，禹风对于中篇小说的坚持，某种意义上凸显出他的小说观念中对于"现实性"的先天的自觉。

《巴黎飞鱼》是禹风的成名作，这部特殊的职场小说创造了一个汉语新词"飞鱼族"，以描述那些在国外高端商业领域竞逐生存的国内精英们的生存困境。都市职场是禹风最为熟悉的生活，他在这样一个浮华的名利场，或者说是弱肉强食的丛林战场浸淫多年，通过书写职场以"逃离"职场成了禹风最初的写作动机。在谈到《解铃》的时候，他一开始就情不自禁地慨叹："人生有时候真是浪费不起啊！我指的是乌烟瘴气的外企办公室，一周待上五个白天，或许还得加班，可都是些什么人呀！明知道鬼多人稀，还只能见鬼说鬼话，换工作不容易！写《解铃》，想在那租金昂贵、报酬不菲的摩天黑屋子里发出一声呐喊。"而呐喊要说出的是外企职场浮华的外表层层遮掩下人格的卑污和孤独。

因此，从一开始，禹风对于职场小说、职场文学就有自己不同的看法。他的职场写作有一般职场小说的"表层"现实：职业竞争、权力等级、生存法则、性别视野、职场箴言、个人奋斗史或幻灭史……然而这些都不是他的叙事目的，正如他深信马尔克斯有关小说写作的一句名言："真实永远是文学的最佳模式。"禹风从自己熟悉的职场、外企领域构建自身独特的在场方式，这种独特所依赖的就是"真实"——一种激烈、冷峻的"当代性"；在这种"当代性"揭橥的真实之中，我们窥测到的不仅是职场这一空间晦暗的隐秘，它最终被文本扩大为一个与现代都市人性和其复杂的权力关系相对应的巨型"装置"，每一个个体都浓缩为都市空间中欲望生产的"关节点"。所以说，禹风的职场小说有着显著的"反职场"特征，职场是禹风逃离现代异化的起跳之处，恰是在这一逃离过程中的"深情凝视"，构筑出禹风小说独特的"现实性"的向度。

"在一个变得非人的世界中,我们必须保持多大的现实性,以使得人性不被简化为一个空洞的词语或幻影?换一种方式说:我们在多大程度上仍然需要对世界负责,即使在我们被它排斥或从它之中撤离时?……在黑暗时代的衰微中,只要现实没有被忽略,而只是一直被当作需要逃避的对象,那么离开这个世界就总是合理的。当人们选择逃离世界时,私人生活同样也能构成一种很有意义的现实,尽管它仍然力量微弱。只要他们从根本上认识到,现实的现实性并不在于它的深度照会中,也不来自什么隐私,而只存在于他们所逃离的世界之中。他们必须要记住,他们是在不断地逃跑,而世界的现实性就在他们的逃离中确凿地显现出来。因此,逃避现实的真实动力来自于迫害,而逃亡者的个人力量也随着迫害和危险的增加而增加。"(阿伦特)如果说《巴黎飞鱼》是"逃离"的起点,那《完蛋》《解铃》《洋流》等则呈现出一种"逃离"中途的纠结、困苦和无可奈何,而我们现在看到的中篇小说《鳄鱼别墅》则是以极限书写的谵妄,以寓言性书写的绝望的洞明,抵达了"逃离"的终点——谜底揭穿,而"逃离"变成可笑的丑闻,唯有人所遭受的"迫害和危险"抵达了"灾难"的极境。

《鳄鱼别墅》是对职场小说、爱情小说和悬疑小说的一次"居心叵测"的戏仿,在这部小说里,禹风坚定地延续了在《巴黎飞鱼》时代建构的小说观念中对于一般的写实主义、商业现实主义的厌恶和否弃,那些"越来越背离真实""单纯追求文字和故事的娱乐功能"的流行文学始终是禹风抵制的,作为一个热爱生活的作家,他也许无法容忍小说中"生活""现实"的僵硬、机械、造作乃至了无生趣。诚如詹姆斯·伍德描述的福楼拜式的现实主义：既栩栩如生又人工雕琢，禹风极具风格化的写作实践就是力图以自己的"人工雕琢"赋予狭隘的、表层的职场现实以真实的"神秘性"。朱利安·格拉克曾经说过："当小说不再是思考、而完全建立于现实之上时，它就成了谎言。无论人们怎么做。这不仅仅是出于疏漏，当小说试图成为和现实一模一样的影像时，它就更是谎言了。人们尝试着要去除它的神话意味，对此我无话可说。对于无济于事的方法我不想发表意见。一种形式接以另一种形式：随便你们——再好不过！只不过，倘若小说真的要先夺去小说家的热情，然后才能显得更加聪明点儿的话，那么我们还应该想一想，这样一来还能剩下什么。现今小说的技巧越来越丧失神秘意味，显得如此冰冷暗淡。我合起了无数这样的小说。在我看来，最终剩下的，也许就只是塞林纳的一句话了：人们心里不再有足够的音乐能使生活舞动起来……"热爱美食和潜水，喜欢用身体和漂泊的灵魂丈量世界的禹风就是这样一个执着于让生活舞动起来的小说家，他的小说始终坚持开启生活深层的"现实性"，对于生产"完全建立于现实之上"的小说式的当代"谎言"毫无兴趣，即便是《魔都装修故事》《金鹤养老院》这样典型的现实题材的写作，禹风都通过细节的选择或超现实的冷冽观照，揭示出了当代中国日常化情境中蕴藏的精神"灾变"。《鳄鱼别墅》将这一努力推向了谵妄的、戏剧性的极限。

3

一只非洲来的不安的狞猫、一只快冻僵的野猫、一群结扎过的狐狸、带着娇羞面具的秃鹫，还有石龙子、鼹鼠、蜗牛、红屁股的猴子、蜜蜂、蝙蝠、大象、母象、灰色蜥蜴……禹风在《鳄鱼别墅》里疯狂演练与比喻有关的各类修辞,人物的肉身、灵魂以及整个小说文本都充分地"喻体"化,一切都在被非人的力量扭曲,那个"双层石头建筑"似乎在隐秘地呼应着理查德·桑内特有关肉体、石头与城市的社会学想象,而这与小说一开始形成的职场/悬疑/爱情小说的表象一样,只不过是一个深层叙事的序曲,最终,《鳄鱼别墅》达到的是极具象征主义、表现主义的"史诗剧场"的效果。所以小说文本营造的氛围,以及一开始就设定的或隐或显的超现实的语境,非常契合史特林堡对自己的《梦剧》(The Dream Play)的描述:"作者意图模仿梦境中状似逻辑、实则离析纷乱的形式。无事不能发生,万事皆为可想、可信,时空分野并不存在;想象力在一个无意义的现实背景上设计、润饰崭新的图形:一个记忆、经验、自由幻想、荒谬,以及即兴的大混合。"《鳄鱼别墅》看似布置了一个职场的舞台,但实际上这个舞台上写实的空气非常稀薄,因为所有的人物和故事都被禹风事先封闭性地设置在一个匣子或者说"剧场"之中,正如欧逸舟指出禹风的《解铃》兼具着羊人剧与狂言的精神与形式,《鳄鱼别墅》在结尾以淋漓尽致的戏剧性,给小说的美学之上浓墨重彩地涂抹上象征主义、表现主义戏剧的现代史诗性。

象征主义诗人、剧作家梅特林克认为:"伟大的戏剧无不由三种因素所构成:其一,文词的华丽;其二,对于存在我们周遭和心里的事物,亦即天性和情感所作的沉思,及热切的描绘;其三,笼罩整个作品、创造出恰切的气氛,而成形自未知界的构想;在其中飘荡着诗人所引发的生命和事物,统辖其上,审判且总领其命运的神秘。最终一项乃是最重要的因素……"而《鳄鱼别墅》

之所以能够艰难地构建出自身独特的"现实性",关键就在于较好地把握和实现了梅特林克所说的"最终一项",即禹风的冒险性的风格化实践为小说《鳄鱼别墅》带来了"恰切的气氛",为当前的小说实践带来了"诗人"的气质,带来了有关于"末日审判"及其背后的神秘力量的思索。当然,小说所揭示的现代性的诸种症候,以及全球资本主义时代引发的人性异化的危机,已经成为另外一种"陈词滥调",有经验的读者可以经由力比多、爱欲、欲望机器、权力、资本、男权中心、身体等重要的关键词,从《鳄鱼别墅》里读解出尼采、马克思、弗洛伊德、马克斯·韦伯、福柯、德勒兹等思想家那些耳熟能详的思考,但我们仍旧感佩禹风的勇气,感佩他通过小说《鳄鱼别墅》解构了所有的"职场书写",以一个阿甘本意义上的"当代人"的凝视"感知这种黑暗",给板结的、程式化的都市现实及相应的陈旧的小说书写带来特别的活力,使得被遮蔽的当代中国人身体、灵魂里那些"粘稠的物质"突兀、"惊悚"地显现出来。

当然,禹风这种极其风格化、戏剧化的实践也会形成自身的"灾变",在那些冲击原有边界的"喧嚣"的文本叙事中经常留下一些没有办法及时处理的、不成熟的"残迹",甚至在努力构筑独特的小说的"现实性""生活性"的同时,他也经常不由自主地向某种他自己反对的"媚俗"倾斜,所以,这篇浮光掠影的读后感仍然有必要以詹姆斯·伍德关于现实主义的论述作为结束语:"现实主义,广义上是真实展现事物本来的样子,不能仅仅做到逼真,仅仅做到很像生活,或者同生活一样,而是具有——我必须这么来称呼——'生活性'(lifeness):页面上的生活,被最高的艺术带往不同可能的生活。……而这个问题难得没底:

对于那些视已有小说技巧不过是因循陈规的写作者而言,必须想办法比不可避免的衰落棋高一招。真正的作家,是生活的自由的仆人,必须抱有这样的信念:小说迄今仍然远远不能把握生活的全部范畴;生活本身永远险些就要变成常规。"

天真的、感伤的，或"成为另外一个人"
——《月光宝盒》读札

　　小说家越是能更好地同时表现出天真和感伤，他的创作就越好。

——奥尔罕·帕慕克

　　我一直在想，今天我们是否可能找到一个新型故事的基础，这个故事是普遍的、全面的、非排他性的，植根于自然，充满情境，同时易于理解。

——奥尔加·托卡尔丘克

从汤成难的创作谈我们了解到，小说《月光宝盒》来源于2014年的一桩新闻事件："四个河南耍猴人在黑龙江被捕，罪名为'非法运输珍贵野生动物'。这个案件折腾了半年多，最终耍猴人无罪释放……"后来，汤成难看到一张耍猴人的照片，"被照片中耍猴人的面部表情和眼神打动"，"于是我想借一个与猴子一同成长的孩子的视角，展现猴戏家族的兴衰"。

"猴戏家族的兴衰",是作者认为的这篇小说的一个重要主题,很容易让我们以为这将是又一篇类似于《百鸟朝凤》那样,承担着表现传统文化消亡、民间艺人无奈坚守等沉重的文化命题的小说。事实上,那桩新闻和与之有关的"猴戏家族"根本没有成为这部小说的主题,这部小说唯一可以描述为主题的是"成长",这也是汤成难自称"迷恋的主题",她近期的另一篇小说《寻找张三》同样是优秀的童年视角的成长小说。

成长,更确切地说,"一个孩子与一个动物共同成长的岁月"是这篇小说的所谓的主题,或者不如说是帕慕克意义上的"小说的中心"。我不愿意用"主题"这个概念简单化这篇小说的核心,其实,几乎没有中心性的主题这一特点构成了它最动人的"氛围"。"阅读现代小说……是为了感受其氛围"(帕慕克),因此,毋宁说我们阅读《月光宝盒》就是为了感受"一个孩子与一个动物共同成长"的氛围,我认为它几乎没有延伸出什么清晰、明确的主题。我想这就是托卡尔丘克特别期待的那种"新型故事的基础":普遍的、全面的、非排他性的,植根于自然,充满情景,同时易于理解。一个耍猴家族的孩子正在经历着她幸福又悲伤的童年,她悲伤的不是家族、家庭的贫寒和奔波,悲伤的是那个自己心目中的"哥哥"、玩伴儿、"踩筋斗云的齐天大圣"阿圣,其实不过是"父亲"猴戏里的一个道具;而她为了维护自己的执念而建立的与"父亲"、与世界充满仪式感的对立,在成长的历程中又是那么脆弱不堪——阿圣不过是她人生的过客,却是"父亲"无法割舍的"骨肉";然而,当"我"觉得一切不过已是往事的时候,一定会有"一只小手拍在我的后背上"……成长是命运,是各种纯真的执拗与误解,是我们每个人都能感受到的普遍性的天真、感伤。

　　托卡尔丘克说："文学正是建立在对自我之外每个他者的温柔与共情之上。这是小说的基本心理机制。""温柔是对另一个存在的深切关注，关注它的脆弱、独特和对痛苦及时间的无所抵抗。"也许因为与自己童年的成长经验有关，汤成难在塑造猴戏家族的独生女——"我"的时候投入了极大的"真诚"，这使她一开始就成为一个"温柔的讲述者"——以帕慕克所说的小说家的天真的、感伤的语调。

　　并不是童年视角就能获得小说的天真，"孩子一般，顽皮的，可以设想他人"是"小说家天真的一面"，但要真正实现小说家的天真，就必须同时意识到要探索小说家"感伤——反思性的一面"，也即小说的技术性层面。这在帕慕克看来就是模仿别人的生活、把我们自己想象成他人的能力，也即在小说的总体布局和综合世界，或者说小说的景观中"成为另外一个人""创造一个更加细致、更加复杂的自我的版本。"

　　从一则"四个河南耍猴人在黑龙江被捕"的新闻，到《月光宝盒》这样一篇小说，汤成难必须要通过成为那个耍猴人的独生女"我"来实现和完成。她体验过童年时期与狗成长时获得的"最残忍的道理"，并且感受到那个把一个动物遗忘的毫无痛楚的过程不过是"突然从一间屋子走进另一间屋子，听到身后的门锁咔嗒一声关闭了"。这些深刻但有限的经验距离"创造一个更加细致、更加复杂的自我"还很远，但这种独特的体悟的确给了汤成难"成为另外一个人"的虚拟的制高点，让她以及读者得以体验到"小说艺术可以提供的主要快乐和奖赏"："小说带来的挑战和极大乐趣并不发生在我们根据主人公的行为推测其性格之时，而发生在我们至少以灵魂的一部分设想他之时——以这种方式，即使只是暂时地解脱自我，成为另外一个人……重要的不是个人的性格，而是他或她与世界的多样形态打交道的方式——我们的感官呈现给我们的每一种颜色、每一个事件、每一个水果和花朵、每一件事情。依据这些实在的感知才产生了我们对主人公的认同感，而这才是小说艺术可以提供的主要快乐和奖赏。"（帕慕克）

《月光宝盒》得以成为一篇优秀小说的原因，也正在于汤成难以灵魂的一部分参与了那个耍猴家族的"我"的成长，以温柔的深切关注呈现了那个被周遭世界和现实边缘化的执拗、纯真又不乏冷酷的"我"。小说从一开始就呈现出成熟小说家的心胸，景观的呈现、人物的出场、故事的嵌套、旁逸斜出的枝节……都在虚构的现实幻境中扎实地围绕着"我"的心境、性格展开，都是帕慕克所说的让小说成为一片大海的"不可缩减的神经末梢"，"每一个节点都包含主人公灵魂的一小部分"。借用帕慕克对安娜·卡列尼娜这一形象的认可，我们也可以说：《月光宝盒》之令人难以忘怀在于无数个精确描绘的小细节。

> 我抿着嘴笑起来，笑声溜出来，在黑暗里微微震荡。我使劲捂着嘴，即便如此，笑声还是从指缝里奔跑而出，像豆子似的散落在我四周，弹跳着，起伏着。我继续笑着，笑得前俯后仰，笑得眼泪横飞，笑得脸上涂满了泪水，笑得——不敢睁开眼睛。

小说的结尾让人感伤、动容，同时也伴随着简单的快乐。我们读到了汤成难所希望我们读到的"感动"和"真诚"，但这一切和所谓的"致敬耍猴人,以及我们消逝的童年"没有关系,她其实是在一个新闻性的、社会学意义上的"中心"之外,缔造了一个更加有价值的小说的中心。而这个"中心"本身是去中心化的,它虽然有自身稳定的秩序感,但却仅仅模糊地指向"命运"这样一种小说的景观或小说的"伟大的整体"。这让我再次想起托卡尔丘克在她的诺奖获奖演讲中想念的"那个茶壶所代表的世界":"创作一个故事是一场无止境的滋养,它赋予世界微小碎片以存在感。这些碎片是人类的经验,是我们经历过的生活,我们的记忆。温柔使有关的一切个性化,使这一切发出声音、获得存在的空间和时间并表达出来。是温柔,让那个茶壶开口说话。"

是温柔,让那张"耍猴人的照片"开口说话。

物质的想象与现代主义的还魂记

——关于董启章的《天工开物·栩栩如真》

时而沉溺、时而失神、时而错愕、时而厌倦，这就是《天工开物·栩栩如真》带给我的阅读感受，这个过程漫长而艰难。记得作者董启章曾经说："我觉得需要建筑一个不同的经验世界，如果这是一个很自然的跟你现实生活一样的世界，那当然读起来很快。所以我希望读者读我的书的时候能进入一个不一样的世界，慢慢进入、慢慢感受，有的感受是只有慢下来才能够抓住的，太快就过去了，所以要尽量让读者慢下来，不要太快。一本书要陪伴读者尽量多的时间。"可这是一个速度被无节制地解放的时代，"慢"虽然有真理和诗学的合法性，却愈来愈缺乏认同者，一本书（也包括一切其他"物"）陪伴一个人的时间越来越短，甚至于，人们已经慢慢习惯不需要书。书，因此成为董启章在小说的结尾重新物化的对象，以避免它与收音机、电报机、车床及那些随时消逝的生命一样，沉入不再被召唤的深度记忆中。可这样一个"物质的想象"过程重构的经验世界和美学世界意味着什么呢？或者说，能给我们带来什么呢？

董启章体察"物"的方式也许与他作为一个作家的存在形态和美学选择有关，他也许是当代中国小说家中为数不多的、所剩无几的现代主义守夜者之一。这个最无视读者也最尊重读者的小说家专注于构筑艰涩、混杂、漫长的经验世界，顽固地赓续着现代主义形而上学在海德格尔那里清晰起来的"存在"观：关心的不是个体的存在，而是一切存在的绝对奥秘。董启章在他的文字工厂中致力于用特殊的想象模式去"重整过去、现在、将来的真实生活面貌"，通过"天工开物"重新赋予"世界的物性"（阿伦特）以丰富的可能性，通过"栩栩如真"再次击碎真实与想象的边界。这个一度躲避在香港一隅的小说的"极端主义"分子，也许曾经比任何一个中国小说家都明白"孤独"的含义，比任何一个所谓的先锋作家都更敝帚自珍似的维护着现代主义形式实验的畛域，写作于他而言一度只是"一个人的游戏"，一个凝视着物品、对自己徒劳地做着访问的幻想家。正如佩索阿在《写作是对自己的正式访问》中所描述的："写作如同对自己进行一场正式的访问。我有特殊的空间，靠别的什么在想象的间隙中回忆，我在那里欣悦于自己的分析，分析那些自己做过然而不曾感受过的东西，那些不曾被我窥视过的东西，它们像一张悬在黑暗中的画。"这种"黑暗中的画"的意象把董启章的"物质的想象"与其他类似的小说明确区分开来。譬如李锐的《太平风物》，十六篇小说与十六个农具形成的"超文体拼贴"试图构筑的却是一个宏大叙事的"物质想象"，那些农具的图片被深深嵌入共有的历史之中，在最明亮的地方闪着微光，容易触摸但却失去了丰富的想象维度。

巴什拉曾经把想象分为两种：形式想象和物质想象，而且他特别强调了物质想象所提供的"物质的直接形象"的重要作用:"目光为它们命名,但双手熟悉它们。一种充满朝气的喜悦在触摸,揉捏并抚慰着它们。物质的这些形象,我们实实在在地,亲切地想象着它们,同时排除着形式,会消亡的形式,虚浮的形象,即表层的变幻。这些形象具有分量,它们是一颗心。"而董启章在《天工开物·栩栩如真》中所极尽描绘的"黑暗中的画"就非常重视物质想象的空间开掘,"物质的直接形象"被多层面、多维度地唤醒之后,便勾连起它们与人、词语、历史、城市的充满想象力的、奇特的、生机勃勃的网状形态;事物的秩序被肆无忌惮地打乱并重构,在重构的过程中,人们因过快的速度而丢失的"物质想象"又开始闪烁起奇异的光芒。正如巴什拉"对美学哲学中的物质因的欠缺感到震惊",我们也早已对当前汉语小说写作中有意无意地对物质因的忽视而感到遗憾。"物质在两种意义上使自己有价值:在深化的意义上和在飞跃的意义上。从深化的意义上讲,物质似是不可测的,似是一种奥秘。从飞跃的意义上讲,它似是一种取之不竭的力量,一种奇观。在这两种情况中,对某种物质的思考培育着一种敞开的想象。"董启章在"大都市"的庞大、空虚的物质化牢笼中构筑的那个自弹自唱、自生自灭、自由自在的"小宇宙",恰恰深化了他独特而专注的物质思考,世界的物性从阿伦特的社会学思考中被拉回亚里士多德时代的神话"诗性":"每个工具都按照命令自动工作……有如代达罗斯(Daedalus)的塑像或赫菲斯托斯(Herphaestus)的三角宝座,诗人咏叹道:它们自行加入了诸神集会。"这种古老传统的神话逻辑曾经是现代主义怀旧的不二法门,如叶芝、乔伊斯、劳伦斯和托马斯·曼,因此在《天工开物·栩栩如真》中出现的那些神奇的工业时代的魔幻场景，恰恰开启了深入物质奥秘、存在奥秘的进程，只是这一过程并不像想象的那么顺利，而这恰恰又与现代主义"不可忽视的丑陋特点"以及"一个丑陋的时代施加的压力"（迈克尔·莱文森）密切相关。

苏珊·桑塔格在谈到"新感受力"的时候曾经这样谈论当代的艺术："艺术如今是一种新的工具，一种用来改造意识、形成新的感受力模式的工具。"董启章的《天工开物·栩栩如真》及其整个"自然史三部曲"也是有着这样一个塑造新的艺术意识和感受力的"野心"的，他对一个仅仅技术西化的香港文化不满足，要通过小说的虚构"拼命吸收"西方文化、艺术、哲学，"填充这个文化的空心层"。当然，这恐怕只能是一个文化幻想、文化野心。比如在苏珊·桑塔格所说的艺术实践对取自"非艺术领域"的新材料和新方法的占有和利用方面，小说是不可能与其他一些艺术门类相竞争的。因此她才会毫不留情地说："新感受力的首要特征，是其典范之作不是文学作品，尤其不是小说。"我们返观《天工开物·栩栩如真》，其"物质的想象"纵然敞开了足够的空间，但这个空间无法实现巴什拉所描摹的那种"形式因"与"物质因"的融合、统一，最终还是会回到"物质因欠缺"的老路。所以巴什拉也明确讲到"物质的想象"方式主要还是针对"诗歌创作的完整的哲学研究"，同样与小说无关。所以，从本质上讲，《天工开物·栩栩如真》无法真正提供"新感受力"，包括后面的《时间繁史·哑瓷之光（上，下）》《物种源始·贝贝重生》，因为这对当代小说来讲是一个不可能完成的任务。就这部小说而言，他所有的"形式因"都不是没有来路的，无论"后设"、魔幻，还是多声部的复调，都没有溢出现代主义小说美学的边界。

而这种"组合式长篇"的书写方式无法避免拼凑的痕迹，那些董启章所反对的再现性小说美学的质素也不可避免地充塞其中，不然他根本无法呈现家族史、香港史的片影。因此也就导致他的"物质的想象"最终还是要折翼于现代主义的边界，而这个边界很早以前就划定了。"物质的想象"因此沦为一种在狭小空间中的没有节制的膨胀，也即董启章以"独裁者"的身份所做的自我解构："这本书稍为显出新意的，在于它把创作者的自我置放于多重的'可能'的中心，造成自我膨胀，也同时难免于自我分裂。"

本来"一个人的游戏"根本谈不上"自我膨胀""自我分裂"，绝对的"孤独性"足以维持一个自我的"富足"，可任何小说都无法成为"一个人的游戏"——只要它拥有读者。所以当董启章"说出"这部小说仅仅是文字工厂中一个人的游戏时，它就不可避免地变成了"一群人的游戏"。而这同样是"世界的物性"，且是最真实、最顽固的物性。"人类事务的整个事实世界要获得它的真实性和持续存在，首先要依靠他人的在场，他们的看、听和记忆，其次依靠无形之物向有形之物的转换。"阿伦特在谈论"世界的物性"时从来不会迷恋一个充满想象力却短暂的"艺术的物性"，而是要"残酷"地揭示出劳动生产中消费品获得"物性"的过程："依靠他人的在场"、从无形到有形，"物质化是它们为了在这个世界上留存而不得不付出的代价"。《天工开物·栩栩如真》因此就不仅仅是一个现代主义的实验文本，它是一个物品、产品、消费品，一旦它被阅读、被推荐、被阐释、被授奖，文本苦心经营的"物质的想象"就从根底处溃散了，或者停留在原处，无法得到真正的认领，那些滔滔不绝的"自我"和"他人"的叙述，不过是在把想象世界的物质拖到真实世界中来。于是，"《天工开物·栩栩如真》是一本自我的书"就不得不直面一种复杂的悖谬,"自我"在哪里？它是"一个人的自我"还是"一群人的自我"？董启章及其小说被认可和关注的过程，也即他们不断"物化"的过程，在这样一个混杂的、周而复始的展示性过程中，过多"他人的在场"已经消解了那个"文字工厂的想象模式"的形而上学性。《天工开物·栩栩如真》因此便与任何其他小说没有区别了，一样被阐释（各种哲学理论和美学思考的簇拥和围观）、一样被赞扬或质疑，而董启章也和大多数的成名作家一样"忙碌"了，穿梭在各种形式的发布会、研讨会、颁奖会上，滔滔不绝地阐释着自己的文学观念，把那些自我的秘密屡屡展示在他人那好奇而慵懒的围观中——"物质的想象"模式得以从文字的禁锢状态中挣脱，来到了一个波德里亚所说的"现代新野人"的围困中。这也许就是董启章在以"独裁者"的身份反省时所意识到的"自我膨胀"后的"自我分裂""自我的崩解"。但这种膨胀、分裂和崩解为什么会得到认可呢？

不要把小说写得那么"土"

——2018 小说阅读片语

与某位朋友讨论小说时喜欢用一个特别"业余"的概念——"土"(其中饱含的"歧视性"和批判性与作家的身份、作品的题材没有任何关系),比如该朋友提到某位大佬级小说家的近作时,总是不无轻蔑地说:土,真是越写越土;或者论及某重要文学奖项时,也曾"武断"地认为:本届某奖多数小说都很土。

小说的"土"意味着什么?意味着观念落后、视野狭窄、精神空洞、技术粗糙、"态度"傲慢,意味着现实感和当代性的极度匮乏,意味着对它的阅读是一种徒劳的耗散,意味着小说的语境这么"难"("复杂"),而你却写得如此"容易"("简单")。

不要把小说写得那么"土",作为读者、编辑和批评者,总是看到那么多"土"得彻底、"土"得趾高气扬、"土"得义无反顾的小说,真是无奈又悲伤。

当然也有不"土"的作品,在 2018 年的有限阅读之中,仅举几例上海作家的作品:《封锁》(小白)、《八部半》(小说集,黄昱宁)、《基本美》(周嘉宁)、《小花旦的故事》《麻将的故事》

（王占黑）等。

　　小白在参与《鲤》的"匿名作家计划"时，对大多数作品表示了失望，在他看来，即便是一些文笔老练的作品，内在却也显得游移不定，缺乏一种叙事所必需的"坚定感"。对，要想不"土"，首要的就是要有这种"坚定感"，而"坚定感"实际上是由有效的"现实感"构筑的，以上列举的作品某种程度上都迫近了这样的"现实感"："在此之下的一条道路则是通向越来越不明显却更为本质和普遍深入的，与情感和行动水乳交融、彼此难以区分的种种特性。以巨大的耐心、勤奋和刻苦，我们能潜入表层以下——这点小说家比受过训练的'社会科学家'做得好——但那里的构成却是黏稠的物质：我们没有碰到石墙，没有不可逾越的障碍，但每一步都更加艰难，每一次前进的努力都夺去我们继续努力下去的愿望或能力。"（以赛亚·伯林）

　　说白了，表现"现实感"是一种综合能力的体现：语言、叙事技巧、视野、经验、思考力、思辨性……或者，文体在这里已经不重要了，"再无所谓诗人或小说家的存在，而只剩下书写本身"。（罗兰·巴特）

　　尾声：前一阵子遇到胡桑兄，他问我今年有什么小说值得看，我想了想说：没有。当前的小说好不容易摆脱了"土"，却又死活逃不出"小"，按照哈罗德·布鲁姆（"虚构文学而非议论文学是获得自律的最佳途径"）和理查德·罗蒂（小说"帮助我们理解人类生活的多样性和我们自身道德词汇的偶然性"，"读小说是为了避免自我中心"）对小说功能的期待，我的确只能说"没有"。每天都在错过"成为更好的人"，因此，错过几篇也许还不错的小说也就无足轻重了。

辑三

诗歌论

关于胡弦诗歌的四个关键词

风景

甘南诗人阿信反复阅读胡弦的诗歌《过洮水》,巨大的疑问在他的内心不可遏制地疯狂生长:一个匆匆过客对风景、地理的重新命名竟然实现了这么可怕的"精确极性",让他,一个在洮水边、在甘南生活了几十年的诗人无地自容,这种错位是如何实现的呢?那些被词语唤醒的风景中为什么饱含着陌生又熟悉的力量和动人心魄的乡愁?

柄谷行人说:"只有在对周围外部的东西没用关心的'内在的人'(inner man)那里,风景才能得以发现。风景乃是被无视'外部'的人发现的。"走过河流、山川、名胜古迹的胡弦,凝视"戏台""讲古的人""烟缕""祖母发黄的照片"的胡弦,已经将视觉意义上的"看"转变为感知活动、思想活动的"看",此时,诗之"思"便发生了。于是,风景被"颠倒",作为一种认识论的装置,诗人给予了风景新的起源,而原有的起源被掩盖起来:"代替旧有的传统名胜,新的现代名胜得以形成。"(柄谷行人)

"中国的风景思想早于欧洲一千年,并且位于中国文人文化之核心而毫无间断地发展。"法国学者朱利安（François Jullien）这一判断无疑是准确的，而诗人胡弦无疑是中国传统风景思想经过现代转化之后的最卓越的继承者之一，他为当代诗歌风景学、地理学视野留下很多典范之作。多少自然景观、文化遗迹乃至被忽略、遗忘的琐碎物象，都被胡弦的风景的内在化、风景的现象学注入不尽的机趣和哲思，我们藉此得以窥视朱利安意义上的理想"风景"："它可以把我们吸入其中关联呼应的无尽游戏里，用它各式各样的张力激起我们的生命活力；它也可以用其中独特化的事物来唤醒我们对自己存在着的感觉。因它的远，它让我们做梦，使我们变得'爱遐思'（songeur）。其中，'视觉的'变成了'感性的'，事物的物质性变得缥缈不定，弥漫着一种无穷无尽的'之外'（un infini au-delà）。'可感的'与'精神性'之间的断裂终于在其中消解了。因为那儿不再是世界的一个'角落'，而是顿然全面性地出现那些形成世界的事物，因而揭示了组成世界的成分。从此，该处（celieu）悄悄地成为一种联系（un lien），我与它建立了一份默契而无法离开它。"

反乡愁

从胡弦诗歌的视觉风景提供的启示来看，他应该是一位典型的"乡愁"诗人，但是，我们在他的诗歌中看不到乡愁。比如，《讲古的人》讲的不是"乡愁"，是"亘古愁"，是逾越了乡土和时间的"困境"和"疼痛"；《高速路边》饱含的机警的讽喻，揭示的是"人"的困境，复杂的情感情绪不是乡愁，而是"反乡愁"。

诗人朱朱认为，"对于中国人而言，乡愁是一种极其强大的内部存在,伦理学的法令,宿命的宇宙观,并且,也构成了文学传统中最重要的主题之一;……乡愁或与本土的创伤体验结合在一起,或与倾听者的缺席及知音传统的感怀结合在一起,或通过对古老的东方哲学文本的沉浸来移近彼岸的距离,然而,这种内嵌于诗歌史的抒情模板,如今已日渐演变为一条廉价的国内生产线,那些产品充满前现代的呻吟和失守于农耕社会的哀嚎,在事实上沦为了无力处理此时此地的经验的证据,……我们应该通过渗透性的方式重新回来,而不是躲在一撮灰烬里相互取暖。"于是,他提出了"反乡愁","'反乡愁'也是乡愁的一种",只不过是倾向于对"乡愁"进行反思,"并不贪图重建被称为家园的神话式的地点;它'热衷于距离,而不是所指物本身'"。

在一次学术会议上,胡弦曾经呼应了朱朱"流动的乡愁""反乡愁"的观念,提出了"面向未来的乡愁",他将自己及其诗歌实践放置在一个"过去"和"未来"之间的某种高处:"一个由过去和未来两股力量创作和限定了的巨大的、不停变动的时—空;他会在时空中找到一个足以让他离开过去和未来而上升到'裁判'位置的处所,在那里他将以不偏不倚的眼光来评判这两股彼此交战的力量。"(阿伦特)因此,胡弦得以像阿伦特描述的卡夫卡那样,"以其具体存在的全部现实性活在过去与未来的时间裂隙中","它完全是一个精神场域,或者不如说是思想开辟的道路,是思考在有死者的时空内踩踏出的非时间小径,从中,思想序列、记忆和想象的序列把它们所碰触的东西从历史时间和生物时间的损毁中拯救出来。"

河谷伸展。小学校的旗子

噼啪作响。

有座小寺，听说已走失在昨夜山中。

牛羊散落，树桩孤独，
石头里，住着一直无法返乡的人。
转经筒转动，西部多么安静。仿佛
能听见地球轴心的吱嘎声。
……

《春风斩》

反抗

　　胡弦是一个强劲有力的诗人，这种力量来自于先天的"反抗"性，他始终处于一种精神的"流亡"状态，不断生成种种来源复杂的"反抗"意愿和批判意志，经常构成胡弦诗歌某种不可或缺的动力，同时使得他的诗歌始终保持着充满张力的"现实性"和"当代性"。

　　耿占春在分析《讲古的人》时发现："胡弦待人有着玉一般的暖意，但他对于暴力历史及其隐秘话语资源的批判却如此犀利。"霍俊明则把胡弦比喻为"一根带锯齿的草"，"在测量着风力和风俗，也在验证和刺痛着踩踏其上的脚掌。"的确，胡弦专注于在"虚静"中操练精神的"隐身术"，看起来面目和善、与物无伤的他，事实上是"异类"，是"现实"吃剩下的"两只羊角"，无用而坚硬，一旦在诗歌中开启个人灵魂的语言，他的诗歌就会迅速释放出充满张力、对峙性和挑衅性的"内在的暴力"，制造出巨大的心理回响："群鸟鸣啭，天下太平。/ 最怕的是整座山林突然陷入寂静，/ 仿佛所有鸟儿在一瞬间 / 察觉到了危险"（《异类》）；"老虎已经闯进你心里，特别是你突然发现：/ 一座可爱的树林，/ 竟然愿意承担所有的恐惧"（《遇虎记》）；"佛在佛界，人在隔岸，中间是倒影 / 和石头的碎裂声。那些 / 手持利刃者，在断手、缺腿、/ 无头的佛前下跪的人，/ 都曾是走投无路的人"（《龙门石窟》）；"我爱这一再崩溃的山河，爱危崖 / 如爱乱世。/ 岩层倾斜，我爱这 / 犹被盛怒掌控的队列"（《平武读山记》）……

主体的犬儒和语言的禁欲是胡弦不能忍受的，他无时无刻不在警省自己，一定要为诗歌注入"惊雷"，注入史蒂文斯所说的"向那必定成为我们生活的主宰的人提议的阳刚性"。

完整性

"风景"带来思想，"反乡愁"带来冷峻的当代性，"反抗"带来可贵的"阳刚性"，这一切给胡弦带来希尼所说的"一流诗歌"的面相："它的音度偏低，它在毫不装腔作势的情况下着手履行其职责，它行进的信心赋予它一种表演不充分的自我克制。"霍俊明也认为，"胡弦是一个慢跑者和'低音区'的诗人，声调不高却具有持续穿透的阵痛感与精神膂力。"

在风的国度，戈壁的国度，命运的榔头是盲目的，
这些石头
不祈祷，只沉默，身上遍布痛苦的凹坑。

——许多年了，我仍是这样的一个过客：
比起完整的东西，我更相信碎片。怀揣
一颗反复出发的心，我敲过所有事物的门。

《嘉峪关外》

  尽管胡弦更加相信碎片，相信碎片的力量，但当他的诗歌把所有的碎片整合成独特的、彼此交织呼应的、涵义富丽的形体时，世界的隐秘区域都发出了震颤的绝对化的力量，诗人胡弦的"完整性"也开始逐渐浮现。阅读胡弦的诗给人最大的愉悦是感受诗人的受难性话语，目睹诗人如何在痛苦思考自己的进程：生活的进程、诗的进程，然后我们清晰地看到克罗齐在1933年的牛津演讲中所说的"完整的人"："如果……诗歌是直觉和表达，声音和意象的联合，那动用声音和意象的形式的物质是什么？是那完整的人，那思考和决意的、爱的、恨的人，那强壮而软弱、高尚而可悲、善良而邪恶的人，处于生的狂喜和痛苦中的人；并且与那人一起，与他融合为一，它是永久的进化之劳作中的全部自然……诗歌是冥想的胜利……诗的天才选择一条窄道，在其中激情是平和的，而平和是激情的。"

"结尾将走向开放或者戛然而止"

> 我不独自思考我所思考的东西
>
> ——乔治·巴塔耶

早在 1995 年，翟永明就清晰地描述过她所主张和期待的"女性诗歌"的"成熟阶段"："女诗人正在沉默中进行新的自身审视，亦即思考一种新的写作形式，一种超越自身局限，超越原有的理想主义，不以男女性别为参照但又呈现独立风格的声音。女诗人将从一种概念的写作进入更加技术性的写作。无论我们未来写作的主题是什么(女权或非女权的)，有一点是与男性作家一致的：即我们的写作是超越社会学和政治范畴的，我们的艺术见解和写作技巧以及思考方向也是建立在纯粹文学意义上的，我们所期待的批评也应该是在这一基础上的发展和界定。"(《再谈"黑夜意识"与"女性诗歌"》)写作的"超性别"甚至无性别、独立风格的声音、技术性、对一般社会学和政治学范畴的超越、纯粹文学意义等观念，是这样一种女性写作愿景的核心，20 几年过去了，在"新女性写作"的范畴中出现的翟永明这组题为《灰阑记》的诗歌，似乎正是对这一愿景在写作学意义上的"呼应"或实现。

站在"时间中的裂隙","跳出战场,到战场之外或之上的领地中去",这是阿伦特描述的离开过去与未来、上升到"裁判"位置的卡夫卡的"目光",我想这也是翟永明的"目光"。由此,这样一个非历史时间和生物时间的、写作学范畴的"裂隙",就成为一个反映当代思想状况的精神现象,而翟永明的诗歌写作所展示的也就不仅仅是个人经验、扩展了的日常生活,甚至不是更具深度的"历史想象力",而是阿伦特所说的,"它完全是一个精神场域,或者不如说是思想开辟的道路,是思考在有死者的时空内踩踏出的非时间小径……"但这种"之外"或"之上"又显然不是精神的自我孤立、简单向度的文学逃逸,它内含着"之中"或"之间"。"你总会找到最适当的语言与形式来显示每个人身上必然存在的黑夜,并寻找黑夜深处那唯一的冷静的光明。"(翟永明)"黑夜"不是个人的黑夜、女性的黑夜,而是"每个人"的黑夜,诗人所要处理的经验必须要有与"每个人"分享的"共通"性。

在此我借用了巴塔耶、南希、布朗肖、阿甘本等思想家提出的"共通体"的概念,一方面强调翟永明诗歌面对一切共有经验和现实的分享性与参与性(即巴塔耶所说的,"我不独自思考我所思考的东西"),强调她的写作在思想层面上对文学疆域的拓展(通过"共通",将哲学、艺术、语言、宗教等的思考引入诗歌文本内部),强调她的写作的敞开性和开放性;另一方面,更是从"共通体"的悖谬("无用的共通体""否定的共通体""那些无共通性者的共通体"等)出发,指出"共通"并非导向统一体、同一性,而是凸显"共通体"对差异、间隔、分裂的依赖:"'我必须时刻刺激我自己走向极限,必须时刻在我自己和其他那些我渴望进行交流的人之间制造一种差异。'这暗示了某种含混：有时并且同时，体验只有保持可交流性，才能够如此（'走向极限'），而它是可以交流的，只是因为它本质上就是一种向着外部的敞开，一种向着他人的敞开，这样的运动激发了自我和他者之间的一种强烈的不对称关系：分裂和交流。"（布朗肖《不可言明的共通体》）从而有助于我们理解翟永明诗歌在经验的"共通"中如何建构出多义、分裂、无尽的"独立风格的声音"，以及文本中随处可见的"延异"和对完成的抵抗。

"结尾将走向开放 或者戛然而止"（《三女巫》），我无法证明我读懂了《灰阑记》这组诗歌，只能说是通过"分享"感受到了这些诗歌所指向的可能性的向度。《灰阑记》出人意料地质疑了"母性"——这一支撑母题的最具合法性的依据，追问的是作为争夺物的"我"："我呢？我是什么？""我可否说 我仅仅是路过此地 / 我只是偶然 掉进灰阑"，然而事实是，"无论向谁盼咐 母爱都像 / 滚烫的烙铁 死死将我焊住 / 一生都在灰阑之中 / 一生"。所以布朗肖在论述杜拉斯和"绝对的女性"时强调："而这意味着，她无法把自己限定为母亲，限定为母亲的替代者，因为她超出了一切将她形容为如此这般的特殊性。由此，她也是绝对的女性（l'absolument féminin）……"《狂喜——献给一小块舞台上的女艺术家》有一种宏大的戏剧感，作为男性他者的"女艺术家"们成为围观之物，"我曾经被他压碎 形神俱散"，但通过"狂喜""自恋"，"我为自己捏泥成形"，最终，"……我将它们聚于眼底 盈手成握 / 如呼吸般吞吐出去"，由此女性通过标示自身匮乏、匿名的历史场景而实现了"在场"："在场不是在空无面前的自我消解，而是自我消解于在场的倍增，这种倍增清除了在场和缺场之间的对立。"（波德里亚《致命的策略》）这也许是对男性白日世界同一化秩序的最大的僭越。《去莱斯波斯岛》表达的是女性写作永恒的"逃离"主题，这一逃离不是"娜拉走后怎样"的女性主义追问，因为它的发生根本与男权无关，毋宁是自我凝视、质疑之后的一次次主体的"分裂－生成"的循环，"留在原地"还是"驾诗而去"、"躺在莱斯波斯岛"已然没有了区别。《三女巫》也许是与《麦克白》的一次深度的对话，在这一对话关系中莎士比亚有关于人生、生存的无意义的观念被推得更远，或者说是对"无意义"本身的消解：女巫的预言已经失效，但女巫还在，不详和死亡还在，只是剧本和舞台早已变得寡淡无趣，而且在开放式的结局那里，末日都不是终点……

《寻找薇薇安》是这组诗歌中一个趋近"共通体"的总结，无论是"女性"对薇薇安的寻找，还是"我们"对薇薇安的寻找，目的都是达成一种"秘密的分享"，但正如南希所说的，"'分享'本身并不存在，它不是事物，也不是个体或某种制度。'分享'（partage）——这个词在法语中同时意味着分离和参与……"（《无用的共通体》）"寻找薇薇安／不关乎一个答案／为什么？……"翟永明在诗中非常清楚地给予了回答："她不愿与世界分享"。这就是"共通体"的悖谬：薇薇安以拍摄15万张照片昭示着她参与世界和分享自我的"愿望"，又以"从未冲洗"这样一种"不愿"的"分离"建立起间隔和差异。所以，"寻找"没有"答案"（"她未曾来到人间"），而"共通体"永远是"无用的共通体""缺席的共通体"。那为什么我们还要彼此"分享""寻找"？还要努力实现文学的"共通体"？因为，"如果这个世界没有被彼此找寻的诸存在的痉挛运动所不停地穿透……那么，它看上去就像是一个为其所诞生者而准备的笑话。"（巴塔耶）借此我也想提出自己对于"新女性写作"的期待和理解："新女性写作"的价值在于其"无用性"，她们（主体及文本）聚集在一起形成的任何看起来言之凿凿、目标一致的统一性、同一性都是"不合理"的，她们"不应该"聚集在一起，她们根本无法聚集在一起，而使她们在文学书写的意义上应该聚集在一起的唯一的合法性在于，她们渴望"分享"和"共通"，她们在向彼此、向世界无限敞开的同时，又努力构筑出醒目而"突兀"的间隔、差异、边界……

"时光之外,我应懂自己的游动"
——读王学芯诗集《间歇》

"中国的诗歌风水或诗歌气象不仅已经转移到江南,而且某种伟大的东西就要呼之欲出",多年前柏桦在谈到"流水"江南的时候做过这样的断言,并通过对庞培、潘维、小海、长岛、杨键等诗歌美学的精到阐释,为我们勾画出所谓"吴语之美的交响"或"既传统又现代的吴越精神与气象"。今天,当我读完王学芯的诗集《间歇》,掩卷沉思,不得不感佩柏桦的敏锐,同时也深深地意识到,在这样一个被杨键称之为中国当代诗歌"复位"的美学重构中,王学芯及其诗歌无疑将拥有自己醒目又独特的位置。

柏桦在谈到杨键的诗集《暮晚》时,指出他用极大的篇幅写到"江南的水",而王学芯在《间歇》中同样通过"一滴水""河流""运河""雨""湖""泪水""水草""鱼"等大量的与水有关的意象,为读者更是为自己,构筑了一个来源于江南又游离于江南的精神国度;在这样一个属于自己的国度里,王学芯像"玻璃中的金鱼",以一种孤独的省察姿态,把自己抛出时光之外，超拔于江南那个伟大又容易堕入趣味的漫游和隐逸的传统；他以一种"独自凝神"（邹静之）的冥思方式，在流水江南发现"风景"、创造"风景"、消解"风景"，而这些熟悉又陌生的"风景"只不过是王学芯凸显自己的孤独、逃离"日常的疲惫"的一道灰色的栅栏……

> 我消耗于自身之中　被所想的
> 梦幻粘连　这脉动的河流
> 在我前面　我看不到人
> 在我身后　我看不见人
>
> ——《无形的河流》

"风景是和孤独的内心状态紧密联系在一起的。这个人物对无所谓的他人感到了'无我无他'的一体感，但也可以说他对眼前的他者表示的是冷淡。换言之，只有在对周围外部的东西没有关心的'内在的人'（inner man）那里，风景才能得以发现。风景乃是被无视'外部'的人发现的。"（柄谷行人）从《无形的河流》中最醒目地昭示着王学芯的审美人格——一个孤独又分裂的"内在的人"，世俗的成功和喧闹让他陷入一场必败的"棋弈"：我们驰入自身存在的棋弈/这纷杂的世界（《棋弈》），在无形的河流里"窒息"、无助，"总有黑色的门/开着无形的黑暗"，所以他看不到前面的人、后面的人，甚至看不到自己；这种"无我无他"的一体感催生了冷淡，也催生了新的江南的"风景"，这些风景几乎褪尽了所有的古典的、江南的文化遗痕，最终不过通过"内在化的风景"服务于一个"内在的人"：这个内在的人专注于如何解构时间、安顿自己……

  我去雨中散步　时间四溢
  天空的云愈来愈巨大
  我走在没有时间的树林
      ——《夏至的夜晚》

  时光是无力的（《旗杆下的雨》），时光是重叠的（"自己和自己在车站相遇"《遇见的人》），时光是轮回的（"我们知道明天就是今天"《死树》），时光是冷凝的（《尾诗》），最终时间是虚无的（《钟表修理店》），甚至就根本"没有时间"，因为"内在的人"的"时间在密切与疏远间徘徊"（《逼近事实》），而"内在的风景"从外在的自然出发，抵达的是"棋匣"，是"一只火柴盒"，经由"绿色的门"或"自己的门""进入与冰冷无关的房间"，目的是"呆在愈来愈小的地方入梦"，在梦中找到"真实的位置和立足点"。王学芯在《间歇》中通过卓越的想象力构筑着巴什拉意义上的"家宅"："家宅庇佑着梦想……家宅在自然的风暴和人生的风暴中保卫着人，它既是身体又是灵魂。它是人类最早的世界。"就像"踱步的房间""自己原生的光"（《故居》），像"我在那里降落"的"彩色的版图"（《家》），但是这梦想中的庇佑不会永远是绿色的，或者那个灰色的明天与家宅同在……

  无法诉说我们对明天的
  忍耐　像昨天水边的突然惊呼

鱼翻开白色的肚皮停止游动……

——《黄昏的溪马小村》

"子在川上曰：逝者如斯夫！不舍昼夜。"诗人内化的河流意味着消逝，意味着永恒的衰竭、死亡。巴什拉在他那部分析"水与梦"的关系的卓越著作中也响应过这种"死亡"："让我们来看一下水的悲切召唤吧！"王学芯经由想象力所发现的风景最终指向的是一种诗意的对峙，俗世的不幸在这里虽然经常是冷静的、淡泊的，但其内在的张力意味着生命深处一种无法调和的悲剧性：当"今夜绝对无梦"（《间歇二》）的时候，人只能在"群醉"中乱唱、"各自漂游各自的幻境"；当"我"不过是晒在烈日下的一棵水草时，"诗是直抵的那种忧伤"（《看画》）；当"撕裂的沉默"痛苦地告诉我"现实没有差异"时，"你的瞳孔找不到自己的眼睛"（《落入水中》）……

中国当代文学从 1980 年代就追求"向内转"，这一内在化的诗学路径在诗歌创作那里达到了尼采所期待的"深度、宽度和高度"："所有不能向外宣泄的本能都向内转了，这就是我所说的人的内在化。这是第一次发展了后来被称为'灵魂'的东西。整个内在世界本来像是夹在两层皮中间那么薄，而现在，当人的外向发泄受到限制时，内在世界就相应地向所有的方向发展，从而有了深度、宽度和高度。"王学芯到底有什么"外向发泄"被限制？这既是一个不难弄清楚的共同体问题，也同样是一个纠缠着很多复杂的抒情意图的根源性问题，只是这一问题在那个叫"灵魂"的东西面前被轻松地消解。王学芯的独特之处在于他并不着力于追求"深度、宽度和高度"，他在《间歇》中把这一切消融在各种"内在化的风景"中,各种想象力托举着这些内在的、外在的重量飞翔,以至近于"失重"、近于"无",就像在《尾诗》中坦承的:《间歇》没有什么分量,"我"只不过由此"放松了紧绷的四肢"……

有所等待 水色明亮
你几乎碰到我的手指
时光之外 我应懂自己的游动
——《玻璃中的鱼》

"间歇"是停歇,是中断,是徘徊,是语言的休止符,但更是一次诗学的"撕裂"(Clivage)。如同罗兰·巴特在描述"撕裂"时所深刻揭示出的"反常"和"矛盾":诗人作为主体既追求着文化的深长的"享乐",也包藏着毁坏文化的"坏心",而且毫不掩饰对那种同步而矛盾的陶醉。小说是帕慕克的"第二生活",而诗歌同样是王学芯的"第二生活",这一内在的、灵魂的显现,追求的是一种澄澈而轻盈的逃逸,也即在时光之外,学会属于"自己的游动",学会如何在灰色的生命中握持住自己的"幸福":"根本不需要为了抓住诗人言语中的幸福而去体验诗人的苦痛,尽管这言语中的幸福支配着冲突本身。诗歌中的升华高悬于有关俗世间不幸灵魂的心理学之上。事实是,诗歌有一种为它自身所持有的幸福,不论它被用来阐明何种冲突。"(巴什拉)

这种特有的"幸福感",让王学芯在当下的新"江南"书写中拥有了一个特别的位置,他既在"吴语之美的交响"内,又似乎早已游弋于这一传统之外;他既虚拟出一条"归来"的诗意姿态,又通过稳固而充满创造性的语言显现出某种从未离开的"笃定",这一切是否在昭示着柏桦所兴奋宣告的那种有关江南诗歌的"呼之欲出"的"伟大的东西"?我们拭目以待。

辑四

文学对谈

文学需不需要"抖"起来?

何同彬　何平

2020年差不多要过去一半儿了,这半年的文学界有一个突出的现象就是:"抖"起来了。作家、出版社、书店、期刊……都在纷纷推出官方抖音号、个人抖音号。微信朋友圈纷至沓来的皆是作家、评论家直播、带货的各种讯息。4月21日,QuestMobile发布《2020中国移动互联网春季大报告》,根据报告中的统计,抖音在2020年3月用户规模为5.18亿,同比增长14.6%,月人均使用时长为28.5小时,与去年同期相比增长72.7%。

文学也需要"抖"起来吗?

面对新媒体平台,文学该采取何种姿态

何同彬: 我私下咨询过抖音公司的专业人士,想得到作家、文学期刊和文艺类出版社等个人、机构开设抖音号的大致数字,该专业人士以涉及敏感数据和签订保密协议为由拒绝了我。即使没有数据,仅从有限的观感出发,得出文学"抖"起来了的结论

应该还是准确的。当然，抖音火的背后其实是包括快手、B站等在内的以传播短视频为主的新型流量平台在互联网攻城拔寨、所向披靡的大背景。

何平：你说的中国人"抖"起来，这个肯定是事实。一两年前晋江文学网的刘旭东就和我讨论过这个问题。我们当时关心的是网络文学的读者流失，这些流失的读者向短视频迁移。以娱乐为目标的网民依循的是快感机制，哪儿"爽"就自然流向哪儿。现在，全民皆"抖"还是有不同的努力向度的，有新闻向的，有表演向的，也有直播带货。大方向应该是流量为王的逐利，单纯的资讯传达和审美表达很难获得大的流量支持。因此，文学这种，尤其是我们讨论的狭隘意义的文学能不能博取到大流量和众多粉丝其实存疑。

何同彬：记得前一段时间，我们一起在南宁开会，《作品》的王十月兄介绍了他们刊物推广抖音号的心得体会，结果"遭到"了你、我还有黄德海兄的"反驳"。我的基本观点还是和麦克卢汉那句话有关——媒介即信息，也就是说真正有意义的信息并不是各个时代的媒介所提供给人们的内容，而是媒介本身；真正带来改变的正是媒介本身的出现，而不是其中传递的内容信息；媒介影响了我们理解和思考的习惯，改变了我们认知世界、感受世界和以行为影响世界的方式。文学老是有一种错觉，认为自己可以搭新媒介传播优势的顺风车，其实层出不穷的、日益强大的新媒介只是在以资本制造的流量诱惑不断地"诱奸"文学——你必须改变自己以顺应它对"内容"和传播方式的限定。你当时的观点我印象中是强调在强大的资本、专业团队的数据操控下，文学期刊苦心经营的那点儿粉丝、关注度其实是很不可靠的。总之，在面对抖音席卷文学圈的洪流时，我们两个当时表现得似乎有些顽固、保守，但从你主持"花城关注"的包容、开放来看，又不可能是一个抱残守缺的人。所以，今天想听听你进一步谈一谈对于这个问题的看法。也即，面对具有巨大流量诱惑的新媒体平台，文学该采取何种姿态和立场呢？

文学要"出圈"，不是想当然的那么容易

何平：你是天天刷朋友圈刷出的观感吧？从主观的印象，不是精确的田野调查下判断可能比较冒险，比如你的朋友圈基本是个文学圈，你很容易产生半个文学圈都在"抖"的幻觉。这里面有两个背景可能要注意到，一个是卖各种文学课，在今年以前就是一门生意，这门生意做得好不好姑且不论，但有的卖音频，有的卖视频，文学课的生意早已经有人在做。更早可能是电视上的《百家讲坛》吧？再有一个，疫情期间，"路演"式的读者见面会搞不起来了。作家还在写，书还在出。作家、出版社和书店都要把书卖出去。那只能把路演的台子搭到网络。至于姿态和立场？或许做这些的时候，也没有一个可观的姿态和立场吧？就是赶个热闹而已。赶热闹的事情，文学做得并不少，也不是现在有了新的媒介和交际软件才赶热闹的。远的不说，20世纪末，有多少口号？多少策划和行动？又有多少口水仗？你也不会陌生。说老实话，我并不反对文学赶热闹，但赶热闹也要留得下东西来，哪怕只是努力带货卖书的时候，夹带一点情怀和审美也不错。再说一句老实话，文学能提供多大的盘子、多少基本群众，来圈得起"抖"起来的场子？

何同彬：是，我不只是刷朋友圈，还刷抖音；我下载抖音有两个原因，一是疫情期间无聊，好奇这个东西为什么那么多人趋之若鹜，现在每天睡觉前耗在上面的时间大概有半个小时，看的都是搞笑视频、撸猫撸狗、育儿经、平凡人们的苦与乐……基本不关注文学内容，看到有朋友朗诵诗歌或者讲文学的伟大意义，立刻闪人。另一个原因是《青春》杂志要求我做一个直播节目，顺便带带货，那次不太成功的抖音直播是我目前为止唯一一次真正地参与在线视频。的确，从你说的《百家讲坛》到各种音频、视频的文学网课，到微信朋友圈，再到现在的抖音、快手，文学狂热地、跟风式地在新的媒介形式上参与、狂欢，也许和一种"古老"的、"常谈常新"的情结有关：文艺大众化，或者说让文学走入普罗大众，真正成为他们喜闻乐见的"节目"、成为文学"广场舞"。或者这本质上延续的还是20世纪90年代以来文学市场化、商品化以后，文学本质、文学性、文学定义（尤其是所谓的严肃文学、纯文学）需要面对的边界模糊？

何平：20世纪末，网络文学的崛起，文学已经不得不做细分，文学的概念和边界也随之发生变化。我曾经说过，连网络文学都是文学，《知音》《故事会》为什么不是文学？说这句话的基本前提是，在国家政策和资本的共同推动下，我们连基本是资本定义的"网文"都承认和确立它的文学身份，怎么可能还囿于"五四"新文学定义的那个狭隘的文学？现在，资本定义的网络文学这部分本身就是网络的产物，而狭隘意义的文学借助类似抖音的平台和交际软件能不能不以审美降格为代价接入到网络？我希望已经试水的作家、刊物和出版社提供令人信服的案例。就像你看到的，我是不看好这种强行接入，因为经过这20年的文学细分，不同部分的文学有不同的"部落"，不同的受众、不同的趣味，甚至不同的肢体语言和说话方式，要"出圈"，不是我们想当然得那么容易。在短时间不可能提升中国国民文学阅读和审美水平的基本盘面的情况下，除非审美降格，可动员的狭隘意义文学的文学群众是很有限的。这么多年文学教育积累的结果单靠几个作家"抖"起来不可能提振和拉升的。而且，我姑且认可现在的所谓数据，这些数据有多少是基于好奇和友情的？有多少是潜在的文学读者？

文学需不需要"抖"，是个伪问题

何同彬：对，现在很多的文学主管部门、出版机构都在推动所谓融媒体发展，就是看中了互联网的流量，及其催生的粉丝经济和巨大的、无边无际的围观效应。但其实对我们这些从事所谓严肃文学创作、研究、推广的人来说，或者对文学这门"技艺"来说，盲目追求似乎可以无限扩大的受众不过是一厢情愿的幻想，在新媒介中激起的有限的浪花更多的时候是自嗨，出圈的可能微乎其微，偶尔出圈还要靠娱乐明星和政治力量助力。根据QuestMobile对抖音的用户画像的统计，其中57%为女性用户，三四五线城市用户占比70.5%，同时，超过9成的用户月消费能力在千元以下。我们能指望这样的下沉用户购买"文学"？我也不反对文学赶热闹，但这热闹赶得也太盲目了，感觉很多机构赶抖音的热闹就像是在"痛苦"地完成一个任务：参与新媒体、融媒体的任务，让曲高和寡的文学贴近大众的任务。就像当初争先恐后地申请微信公号一样。但媒体大众或者说那些媒介中目标性的下沉用户根本上就不关心、不喜欢文学。

何平：对的，文学界和出版界的直播热，目前是基础设施的建设，也就是别人有了，我们也要有，那就要传统的微博、官网和公众号再加一个视频号。这里面还有一个问题要想清楚。我们做视频做直播是把作家做成网红，还是通过作家的"表演"把视频和直播的观众发展成潜在的文学读者？是直接变现，还是做大文学阅读的基本盘面？前者挣的是一笔快钱，后者是需要文学公益心慢慢去培育的。从现在的情况看，基本上是数字为王，关心的是多少人点击，多少人进直播室（会议室），至于多少人接受了文学新知，或者成为文学的潜在读者，很少被关心。一个简单的事实，出版社以带货为目的的直播，能够在观看数据之外，调查一下图书的走量吗？还有，这些数据的产生是走过路过的好奇分子，还是耐心地停下来接受审美和文学教育？因此，不但要看来的人，还要看每个人的时长。

何同彬：说到底，文学需要不需要"抖"起来其实是个伪问题，"文学"早已不是文学史、文学理论概括出来的，或者由特定的文学时代塑形的那样一个单一范畴的概念；对于某一些文学类型（通俗文学、某些类型文学、畅销书写作、网络文学等）而言，它们早就以不同的方式"抖"起来了、"抖"过了，"抖音"只不过是它们最新的那个舞台。当文学面对传播或者其想象性的阅读公众的时候，其实一直受困于一种特别尴尬的悖论。一方面在我们相对传统、正统的文学观念中，精英主义思维还是根深蒂固的，这种思维认为文学服务于少数人，甚至是极少数人（如翟永明所说的"献给无限的少数人"）；但另一方面，绝大多数的作家都希望自己能有更多的读者（或津津乐道于自己的销量或艳羡于网络作家惊人的收入），即便有一部分作家真的并不在乎读者数量的多寡，但与他有关的出版机构和资本力量也会"说服"他假装需要很多很多的读者。只有深陷这样一种悖论之中的时候，我们才会扭扭捏捏、欲迎还拒地把"抖"还是"不抖"当作一个问题。说白了，恺撒的归恺撒，上帝的归上帝，愿意"抖"的就"抖一抖"，不愿意"抖"的就看看热闹，毕竟"文学"并不是这场狂欢的主角。最后，谢谢何平教授参与对谈！

何平，著名评论家，南京师范大学教授，博士生导师。

"后浪"与文学的抵达之谜

何同彬 周恺

在一度引发聚讼不已的巨大争论的视频《后浪》中,"前浪"为青年一代或者"后浪"们准备了一次声情并茂的赞美、"献媚"的表演,没承想,却衍变成了一场罕见的舆论的大型翻车现场。"前浪"们措手不及,难道赞美年轻人、鼓吹青春也有错吗?按照以往的话语逻辑和意识形态,你几乎没有理由否定这篇精心策划、左右逢源、八面玲珑的青春宣言。"你们是最好看的风景""你们有幸遇见这样的时代,但是时代更有幸遇见这样的你们"……然而,这些语重心长、"爹味十足"的心灵鸡汤暴露了"前浪"们的傲慢,哪怕这种傲慢以一副谦和、慈祥的面孔出现。清醒的"后浪"们认为,这"本质上是资本与父权一次合作——它向年轻人献媚,本质是向消费主义献媚,它致敬年轻人,本质上维护和致敬的是'前浪'们掌舵的时代"(曾于里)……"前浪"们还没弄清楚,他们在权力的让渡和传承关系中伸出的那双温暖的右手,握住的不是"后浪"们的右手,而是自己的"左手";"后浪"们并不需要成为"前浪"的"后浪",他们只需要独立定义自身的自由和权利。今天我们就与青年作家周恺聊一聊他们眼中的"前浪"和作为"后浪"的"他们"。

B站的用户特别擅长消遣和解构严肃的话题

何同彬：B站的《后浪》有没有看过？有何感想？或者就谈谈你眼中的"前浪"们。

周恺：看过，我没觉得有那么严肃，又是资本，又是父权的，我就把它当一条广告看，我不知道这条广告有没有别的地方给投了钱，如果有，应该是有人被糊弄了。何老师经常上B站吗？

何同彬：app我下了，上得不多，看看视频还行，融入不了它携带的那种文化，包括社交方式，很多术语、英文缩写看不懂，还要去网上搜索什么意思。

周恺：就我的感觉，那上头的用户不正经的应该比正经的要多，他们特别擅长消遣和解构严肃的话题，别说这样的"后浪"，就算是换一种"后浪"，照样翻车。在某些时候，消遣和解构就是我们这一代人的共性，拿什么都不当回事，看起来好像挺消极的。

何同彬：消遣、解构、嘲弄、无厘头，包括B站的鬼畜文化，这种试图颠覆固有秩序的亚文化手段从文化属性上来看由来已久，西方就不说了，你们的前浪70后、80后，甚至更早的60后，有一批人也曾经以为据此可以造成旧的文化的瓦解，并建构新的文化，但很显然，他们在获得局部快感、局部修正的同时，不得不承认，秩序还是原有的秩序。作为90后你认为可以在"不牺牲"的情况下"利用秩序"，这样的信心建立在什么前提之上？

周恺："局部快感"这个词很准确，而且结果多半也是你说的"秩序还是原有的秩序"。我只是在说一个现象，不带是非判断，20世纪90年代末、2000年初，甚至2010年前后，你都能看到一套隐形的民间秩序存在，各个维度都有，而现在这些秩序正逐步消失，我觉得一方面是因为原有的秩序越来越强势，另一方面也是因为我们这代人更自私，我们更愿意依附于秩序，并嘲弄秩序。你之前引用过一个90后作家的话，"你们鼓励我们写不一样的东西，写更当代的题材，我们写了，你们又不发，而那些发表的、得奖的全都是老的东西，陈旧的东西。为什么？"然后你说你无言以对，却颇为喜悦。我明白你喜悦什么，我也明白这个90后作家在说什么，他无意去改变什么，他只期望你们来改变，我身边这样的例子还有很多，比方我们都认识的大头马、陈志炜还有黎幺，这个名单可以拉很长，当然也包括我，秩序收割我们了吗？我觉得没有；我们有没有依附于秩序？我觉得有；将来秩序会不会反噬我们？说不定。这就是前提，不是信心的前提，是无奈的前提，在这个无奈的前提下，姿态就尤为可贵，消极的抵抗的姿态，当然，我很希望我的观察是错的，很希望明天谁谁谁就站出来起草一个宣言。

70、80后作家和50、60后作家其实是同一代人

何同彬："前浪"阎连科老师说："今天这个时代给70后、80后作家留下了一个非常好的空白期，是他们一鸣惊人最好的时候，只要谁能写出和50后、60后作家同水准的作品，那就把所

有的作家都盖过去了。"这让我想起你在《青年写作的可能性》中，回忆自己的一篇小说里借诗人之口说21世纪的小说应该是雨果、福楼拜、托马斯·曼、马克·吐温、福克纳、马尔克斯、昆德拉、村上春树、萨尔曼·拉什迪、赫塔·米勒……的反义词，是沈从文、鲁迅、莫言、阎连科、苏童、王安忆……的反义词，接着你说，"如果彼时彼刻，我知道自己后来会写《苔》，我想，我会觍着脸把自己的名字也加上去。"你的意思是不是《苔》的写作延续了某种传统，使你的写作没能成为"反义词"？那这是不是就落入了前面阎连科所预想的后辈写作者所谓的"一鸣惊人"的套路？

周恺：我去搜了下阎老师那段话，后面还有一句"就像乔伊斯把托尔斯泰那页掀了过去样"。问题是乔伊斯写《尤利西斯》，肯定是在拿托尔斯泰那种史诗式的作品在作参照，以反经典的形式构建起新的经典，不光乔伊斯是这样，20世纪绝大多数作家都是这样，但70后、80后作家是不是愿意拿50后、60后作家的作品作参照？我感觉，他们不屑于这么干，他们的脐带不是连在中国的50后、60后作家这儿，而是直接连在了陀思妥耶夫斯基、卡夫卡、马尔克斯、加缪、卡佛、波拉尼奥那儿，从这个意义上说，他们跟50后、60后作家其实是同一代人，至于是不是能"一鸣惊人"，并非"水准"就能决定，里头还掺杂了很多别的因素，单说水准的话，70后里头，盛可以早期的几部长篇，阿乙的一些短篇；80后里头，东北的那几个作家，水准肯定是不比50后、60后差的。阎老师前阵子跟我们上课说的另外一段话，我觉得更有意思些，原话我记不住了，大概就是说，他们这一代的作家，其实都是用20世纪的技巧，讲19世纪的故事，如果讲套路，我觉得这个叫套路，从这个角度说，《苔》肯定是循着这个套路来的，但我想说的"反义词"不是这个意思。那段话是我写的一个短篇里头的，那小说没发表过，写的是一个诗人伪装成刺青师，把作品刺到人身上，唯有所有的人皮凑到一起，才可以看到作品的全貌，它隐藏了我的两个问题，一个是作者、作品、载体和读者的关系，一个是书写有没有可能是纯粹的，我觉得这两个问题是指向 21 世纪文学的。

文学可能从虚无开始，但并不被虚无限制

何同彬：你说，文学是属于"上帝"的时代，它赖以生存的点就在于奇迹，在于一些字、一些词、一些句子、一些人物、一些情节凭空冒出来，它甚至连"虚无"都不可能抵达，更不用说去抵达比"虚无"更深的东西。又说，"要想真正从虚无出走，去触碰、构建或者看见自身"只能离开文学。再跟我们解释解释这两句话。

周恺：前一句是对后一句的反驳，当时好像是聊到怎么摆脱虚无，我一开始觉得文学始终被虚无限制着，是因为文学是由"一定是这样吗？"开始的，它既不是阐释，也不是否定，它是对确定性的质疑，是对边界的质疑。但后来细想，又觉得文学可能从虚无开始，但它并不被虚无限制，就拿加缪的《局外人》来说，它的发端是对存在的质疑，但行进过程中，它靠的不是缜密的逻辑分析，而是一个接一个的灵感，凭空出现的灵感，这就是奇迹，文学被奇迹限制着，在哲学与历史一次次被终结后，它却延续了下来，靠的就是这个。

何同彬：你觉得你"成名"了吗？或者说这些纷至沓来、"可有可无"的声名有没有给你带来困扰？体检时心电图的异常曾经让你产生死亡的"紧迫感"，作为一个90后写作者，有没有恐惧于自己可以预知的未来？

周恺：没有，我倒是想，有声名是好事，至少可以带来些便利，那些所谓的声名的困扰跟日常生活中诸多的琐碎的麻烦比较起来，不值一提，我觉得，我们这代人已经很难再单纯靠写作成名了，大众的焦点早已转到了影视和网络上。我其实还是挺庸俗的，从来没有恐惧过那些可以预知的东西，对我而言，最好的状态就是按部就班，我恐惧的是不可预知的部分。

"只要你还在这里"

周恺：我记得最早认识你，你好像还在南大教书，然后后来就去了《钟山》，我既不了解大学，也不了解杂志，只是每次碰到的时候，别人都会说这选择挺奇葩的，你是怎么想的？跟你在一组笔记里提到的"文学生活"有没有关系？顺带解释下什么叫"文学生活"吧。

何同彬：这是我第1571次回答这个问题，当时的确很多人认为我离开大学是脑子被门挤了，我的官方式回答是：大学压力太大，我想活得轻松点。很多人习惯于天天在网上批判、羞辱大学，却对一个人选择离开大学表示费解，这里面的逻辑很好玩儿。我曾经用波德莱尔一个特别文艺腔的回答粉饰自己这个"逃兵"的行径："人生是一座医院，每个病人都渴望着调换床位。这一位愿意着面对着火炉呻吟，那一位认为在窗边会治好她的病。"我从大学到了杂志社还是（更像）一个病人，更多的人从别的似乎低一等的职业、身份涌入大学就不再是病人了？把大学、大学老师想象得更"好"是非常市侩的表现，但我离开大学不是我不市侩，是因为我做得不好。我把波德莱尔那篇文章的最后一句改掉几个字用以回答你后面的问题："无论什么地方！无论什么地方！只要你还在这里！"什么是"文学生活"？这就是我们的"文学生活"。其实我没有很好地回答你的问题，有很多东西对于"前浪"来说是难以启齿、无法表达的。

　　周恺，1990年出生于四川乐山，作品多见于《天南》《山花》《青年作家》《作品》《芙蓉》等杂志。2019年出版长篇小说《苔》。

乘风破浪的"她们",每天醒来都是一场战争

何同彬　张莉

米亚·科托描写社会边缘女性生存境况的代表作《母狮的忏悔》中有一句话:"身为女性,每天醒来都是一场战争。"用"战争"状态描述女性们的生存境遇是否"夸大其词"? 2016—2019年,界面、澎湃等媒体推出的中国"年度性别新闻盘点"的标题依次是:《性别:女》《女性的艰难一年》《性别平权的困境与希望》《遥远的平等》。家庭、高校、职场、公益圈等公共空间针对女性的性别歧视、性别偏见、性骚扰、性暴力、性侵犯、厌女症仍旧广泛存在,婚恋关系、消费社会和新技术中的女性物化也并不鲜见。觉醒的女性意识正在与落后的现实世界进行激烈的碰撞,2020年会不会好一些? 陈春秀、王丽丽、苟晶等女性遭遇的高考顶替,王振华猥亵女童案,《2020中国女性职场现状调查报告》中让人灰心的现实……这一切将成为我与评论家、北京师范大学文学院教授张莉女士进行当下女性写作的对话的基本背景。

许多人开始关注"女性写作"

何同彬：从你早年阅读思考《浮出历史地表》、写出博士论文《浮出历史地表之前：中国现代女性写作的发生》、出版《姐妹镜像：21世纪以来的女性写作与女性文化》，到后来在北师大开设"中国女性文学研究"课程、向127位作家发出"我们时代的性别观调查"、策划出版《2019中国女性文学选》，再到今年与季亚娅合作在《十月》推出"新女性写作"，这么多年你一直致力于在社会关系的总和这一维度之上，兼具宏观与微观的多重视角，探讨中国女性生存状况、女性写作的现状和未来，是什么样的观念和力量在支撑你做这样一个艰难的工作？最大的收获和最深的沮丧是什么？

张莉：谢谢同彬，很高兴能有机会和你讨论女性问题。两年前，我意识到自己从事的女性文学研究与当代文学现场、与当代文学创作出现了严重脱节，那么，怎样将女性文学研究与女性生存、我们的现实联系在一起呢？于是就有了性别观调查。我将这个调查视为一种"行动"，编辑女性文学选、开设女性文学课以及推动新女性写作专辑，我都视之为行动的一部分。整体而言，做文学研究，我认为要有行动力和现实情怀，不能"躲进小楼成一统"。

最近我在读阎连科老师的《她们》，记得当时做性别观调查时他回复说，他曾和刘剑梅老师讨论女性问题，而这个调查则让他重新审视自己的写作，并且手写了七页纸的回答传给我。而一年多以后，我就读到了《她们》，阎老师那么赤诚地剖析和反省自己、以另一种方式书写自己身边的女性亲人，我对此深为敬重。在一个访谈中，叶弥老师也说，因为性别观调查，她开始重新审视自己的性别身份。当然还有另外一些同行以另外的形式反馈，我提这些是想说，做性别观调查和"新女性写作"这些工作，一方面希望全社会更关注性别问题，另一方面，从专业领域来说，还是期待落实在作家作品里，对中国文学创作多少有些影响。

所以，最大的收获是许多人开始关注性别观问题，开始关注"女性写作"了；通过这些工作，我认出和收获了许多"同道"，我很珍惜。借这个机会，要感谢一下小说家路内老师。去年妇女节，关于性别观和路内老师进行过两次私下讨论，很受启发，后来就有了今年"文学创作与作家性别观关系"的调查。

一度对当下的女性写作有失望之情

何同彬：在你对改革开放四十年来中国女性文学和女性写作的梳理中，你发现一大批优秀的作家、作品构成了光彩熠熠的当代女性文学史，这些作家、作品在我看来真正表达了女性的困境、彰显了她们鲜明的女性意识和反抗男权中心的勇气。但是，这个传统很快中断了，按照你的说法是，"女性写作"成了一个"麻烦"，"出现了某种停滞的状态"："一方面，中国社会的性别观念和性别意识在发生重大而悄然的变革；另一方面，中国女性写作及当代文学作品中的性别意识却让人心生遗憾。"我也深有同感，虽然在公共空间和社会生活领域，女性们为了追求平等权利、维护自身利益的努力遭遇了很多困境，但是她们很多人正在前仆后继地成为勇敢的"打破沉默者"(silence breaker)，觉醒的女性意识、平权意识也越来越被社会大众所接受，而女性写作却鲜有旗帜鲜明、影响深远的话语、文本呼应。

张莉：是的，会有非常大的反差，我曾经非常困扰于这个问题，一度对当下的女性写作有失望之情。

何同彬：我也看到了，你表达过你的失望，用你的话说就是：（年轻一代女作家）不要说没有在前人的认识上更进一步，连我们时代最应该理解到的性别关系都没有认识到。你觉得出现这样一种错位或悖谬的主要原因有哪些？

张莉：原因肯定很复杂，首先跟创作者自身有很大关系吧。在一些创作者的写作中，有"察言观色"的气息，这种察言观色使许多人左顾右盼，不愿意触碰当代女性生存中的真实困境。前几天，一位很好的作家，读了《远行人必有故事》中关于女性写作的一篇，很诚挚地在微信中写道，她也意识到了自己在性别问题上的躲闪，我就跟她开玩笑说，相信你很快就能成为"直挂云帆的姐姐"，虽然我们没有深谈下去，但都明白彼此的意思是什么。——要成为一骑绝尘的写作者，就要直面我们时代女性生存的某种"坚硬的真实"。

何同彬：有没有一些年轻的女作家在这方面要做得好一些，或者表达、塑造出了"另外一种"同样有说服力的女性主体意识及相应的独特文本？

张莉：这次新女性写作专辑给了我不同的视角，这些作品呈现了对日常生活权利关系的深度理解和认识，接近我对新女性写作的理解。孙频在《白貘夜行》里对于女人的幸福是什么的细密书写；张天翼在《我只想坐下》中对于男女关系的犀利探底，包括对"贤惠"这个词的敏感；文珍在《寄居蟹》中书写的女孩子对于情感关系的病态依赖；金仁顺在《宥真》里对著名诗人与普通女诗人之间性别权力关系的复杂认知；蔡东《她》中的男人对妻子的追忆错位；叶弥《对岸》中男女关系的模糊性；淡豹《山河》中对单亲家庭关系的书写；乔叶《小瓷谈往录》中的多样情感样态……这些书写多元、丰富、敏感、纤细，但同时也有穿透力。当然，专辑里还有一部分是诗歌，翟永明、林白、周瓒、戴潍娜和玉珍的诗都各有锋芒，每一位读到诗的人都能深切感受到。

"新女性写作"是一个愿景，而非尺子

何同彬：你对你所倡导的"新女性写作"有过非常清楚的界定、描述，简单概括如下："强调写作者的社会性别"，"将女人和女性放置于社会关系中去观照和理解而非抽离和提纯"；"看重在日常生活中发现隐秘的性别关系"，"认识到两性之间的性别立场差异其实取决于民族、阶层、经济和文化差异；"强调写作的日常性、艺术性和先锋气质，而远离表演性、控诉式以及受害者思维"；"看重女性及性别问题的复杂性"；它是"丰富的、丰饶的而非单一与单调的"；它"和现实中更广大的女性在一起，感同身受，以独具女性气质的方式言说我们的命运"等。我曾经在评论"新女性写作专辑"中的翟永明诗歌的短文中，表达过对这样一种看起来颇具共通性、旗帜鲜明、目标一致，同时又显得有些抽象、含混的写作的理想主义姿态表达过"怀疑"。你有没有担心过这样一个概念和写作范畴最终变成一个空洞的口号？

张莉：这个问题好尖锐啊（笑）。我先跟你说自己组建新女性写作专辑时的担心。其实是冒险，我之前没有和作家们直接沟通我对专辑的设想和我对新女性写作的理解，约稿都是季亚娅老师来做的，她为专辑付出了很多。作家们只知道会有女性写作专

辑，除了截稿日期有约束，其他非常自由。我的意思是，我和作家们没有经过沟通，是"背靠背"。另外，专辑的作家们对何为理想的女性写作的认识也谈不上完全一致。没有统一口号，也没有理想设定，但是，只要意愿一致就够了，接下来就各自独立去写作。我认为所有的理解都应该落实在作品里才好，我很满意这种松散。而庆幸的是，对于新女性写作的理解，在作品完成后我看到了基本共识，这些作品如此受关注恰恰也说明了这一点。

我知道，文学中的很多概念都是一种假定、一种理想化的界定，而创作则是一种时时会溢出边界的实践活动，所以，我只将我的"新女性写作"视为一个愿景，而非尺子。是的，我读到了你的文章，很有穿透力和启发性，从某种意义上说我也有同感。我认为，在学术领域，"怀疑"是必要的，也很珍贵。但是，怎么说呢，命名可以讨论，但行动也是必要的，而我的目标其实很明晰，就是力所能及地使"新女性写作"回到文学现场，重新被认知，因为它深有意义。专辑推出后收到了良好的反应，我也很欣慰。

对了，要特别提到，我前几天认真阅读了《钟山》杂志的女作家小说专辑，设计精良，用心良苦，作家们的写作也都各有特色，我非常喜欢。我要郑重向贾梦玮主编和你以及这个专辑的作家们致意。也许我们彼此对女性写作的理解各有不同，但作为深具先锋气质和文学影响力的杂志大手笔推出一系列女作家作品，在我眼里便是一次深有意义的文学行动，是与一种文学理想的遥遥应和。在我的理解里，新女性写作是深具包容、开放和弹性的概念，它需要更多的同行去充实、丰富、完善。

何同彬：其实我这个"尖锐"的提问的确也有问题，"新女性写作"作为一个主张和行动才刚刚开始，我们对它有理想化的期待是很必要的，而"行动"的重启已经是难能可贵的了。此外，谢谢你对《钟山》"女作家小说专辑"的肯定，我个人其实现在更信任女性作家的写作。最后一个简单的问题，你对性别平等的未来和女性写作的未来有没有信心？依据是什么？

张莉：120多年前，中国女性是要缠足的，不能进学堂，后来，即使进学校了也不能和男人一起受教育。最终我们能实现男女同校，是与兰州一位普通女学生邓春兰有关。1919年夏天，她写信要求来北大读书，当时的媒体敏感意识到这是改变的前奏，于是开设专栏进行讨论，一个女学生的愿望后来成为全社会的愿望，1920年元旦，蔡元培先生宣布北大开女禁。我想，是那时候的社会土壤推动了性别平等的实现，土壤对于改变太重要了。

1919年春天的时候，谁会想到那位普通的女学生将做出改变我们社会命运的行动呢？1930年的时候，谁能想到那位叫张乃莹的东北女孩儿日后会拿起笔书写，成为我们文学史上著名作家萧红呢？她们的出现受益于五四新文化运动，受益于她们所在时代的社会与文化土壤。这些年，每每感到气馁时，我会想到这些。今天，我们社会对性别问题越来越关注了，年轻一代也越来越有思考力了，这些都让人看到希望。

张莉，北京师范大学文学院教授，博士生导师。

远行人,能否带我们"走出孤岛"?

何同彬　郭爽

"18世纪以来,人类的同情和了解不再源自于社群活动,而是来自于人们的漂泊经验。因此一种基本的疏离、沉默和孤独已成为人性和社群的载体,对抗着普通社会阶层的苛严僵固、冷漠无情和自私自利的闲适。"(雷蒙德·威廉斯:《乡村和城市》)旅行就是我们选择的一种对抗或逃离的常规形式,"在路上,我们永远年轻,永远热泪盈眶"(凯鲁亚克《在路上》);来吧,来一场说走就走的旅行;"世界那么大,我想去看看"……然而,旅行又注定是一种都市病、怀乡病,在没有看清自身及置身的共同体的前提下,任何冲动、豪迈的启程都带不回"水手"的动人故事。所以阿兰·德波顿才会在《旅行的艺术》中强调:"让我们在前往远方之前先关注一下我们已经看到的东西","蔑视"旅行的佩索阿也才会说:"何谓旅行?活着就是旅行","旅行就是旅行者本身。我们看到的不是我们看到的,而是我们"。

如果你是一座荒芜的孤岛,那你无论走多远,也只是把荒芜带向更远。新冠疫情与中美冲突正在形成和加剧身体、地理和文化的孤岛效应，迫使我们必须正视这孤岛，并寻找"走出孤岛"的办法。《单读》第 24 期名为《走出孤岛》，其中最重要的，也是呼应题目的内容是"水手计划特辑"，该计划是单向街公益基金会在 2018 年发起的文学活动，参与计划的青年作家们将环游世界并带回他们寻获的故事。其中，作家郭爽带回的是她在日本长崎寻访远藤周作带回的《泅渡》，在此之前的 2015 年，她还曾参与罗伯特·博世基金会和德国柏林文学沙龙合作的项目"无界行者"，透过《格林童话》观察今日的德国，并以长篇非虚构作品《我愿意学习发抖》带回我们既熟悉又陌生的"十个童年故事"。今天我们就与这样一个文学的远行人，谈一谈"走出孤岛"的过程和方法。

去德国找寻童年最深处的梦境

何同彬：在你 2015 年去德国之前，你的职业和生活都出现了一些问题，用你自己的话说是"无可避免地感受了体系的瞬间崩塌和体系背后更大体系的操控感与荒诞感"，感觉自己是一个"破碎的、混乱的我"，"那段时间强烈地想要逃离日常的渴望"，"想要了解别人"，于是就有了"无界行者"的德国之行，就有了《我愿意学习发抖》——一本"关于德国、关于童话、关于女性身份的取舍、关于对自由而健全生活的渴望"的非虚构作品。似乎那次远行，那次书写，包括后来又去日本，对于彼时彼刻的你有一种特殊的疗愈作用，假设这是一种疗愈，它是如何显现的呢？是否与你自身的成长经历有关呢？

郭爽：我记得决定申请去德国的项目时的情形，某天我在报社上班，上网浏览时看到了这么一条信息，"无论您是新人还是已经成名的写作者、电影人、摄影师，我们都一律欢迎，平等对待。如果您能够实地调研，获取第一手的信息，并敢于在您的作品里提供您自己的新视角，您就可以申请。"那时我已经在报社工作九年了，对"实地调研""一手信息""新视角"这样的要求并不陌生，唯一的问题是，调研地在德国。我在贵州出生长大，去厦门读大学，在广州工作，德国跟我真的有什么深层的联系吗？经过反复考虑，后来我在申请报告里写道："在我小时候，父亲给我买了很多书，《格林童话》是其中一本。在长大、离开家之前，我读了很多很多遍。这是一本经典的童话，它带领我走进了陌生的高山和河流……现在我在一家报社做编辑，喜欢写作。当我写得越多，越觉得神话、童话中蕴含着神奇的力量，古老的故事会说话，它们蕴含了最原始、基本的人类情感和想象。我想我要去找寻童年最深处的梦境，它到底意味着什么？我需要去德国。"

那时候我并没有意识到这并不是一次"旅行"，甚至跟流行的"在路上"、背包客文化或者中产式的全球景点打卡观光完全无关，而是通过自我移动的方式进行自我再生产。简单说就是脱离熟悉的日常环境，跳出社会身份的桎梏，从精神资源上进行溯源和重组。所以它指向童年深处，就像我在书的后记里写的，"一个孩子，在还没有认知所谓国度、权柄、荣耀之前，通过阅读想象出了一整个世界……他们的血肉和恐惧，比我在真实世界里见过的人更值得信赖。"身体力行，向着童年而行，是对被社会塑造、嵌入的"我"的反动。具体而言，是对从小生活的集体主义氛围、大学及工作中相对单一的价值诉求的反思，我也不知道能找到什么，但不行动就什么都不会有。随着我的行动的深入，慢慢有东西浮现出来，我用文字捕捉这个我和世界、我和想象与经验之间对冲的过程。

我试着尽量准确地说出去德国和后来去日本，为什么不是一般意义上的旅行，也不是潮流性的移动。我们家是20世纪60年代到贵州的，像我这种外地人的后代，从小都被鼓励要像祖辈一样，去求新的生活，去奔好的前程，离开家，到更好更大的世界去。对祖辈来说，是"五四"时参加革命，成为新人的潮流；对父辈来说，是上山下乡和恢复高考的潮流；对我来说，是从内陆到沿海、从小城到大城流动的潮流。流动几乎像基因一样被继承。而当2014年我发现自己一直处于这种群体潮流中又被它影响、塑造时，就渴望能获得完整意义上的自我，于是就从剥离、检视自己的精神构成开始，想知道像我这么一个30几岁的人，"我"到底是由什么构成的。

写的所有东西，首先需要打开的就是我自己

何同彬：《格林童话》是你在德国邂逅那些活生生的人的"精神地图"，而远藤周作的经历及其作品是你游走在长崎、重新穿越天主教徒隐身密林的钥匙。这是远行背囊里的"文学"。《我愿意学习发抖》"诞生的动力"与埋藏在你内心里的两个场景有关，其中一个是上小学时你在回家路上在一片松林里迷路；而《单读》刊载的《泗渡》的开篇，你首先描述的是医院里的"地狱"景象，那个垂危挣扎、意识涣散模糊的人就是你第二次脑溢血住院的父亲。这是你远行背囊里"内在的自我"、"亲情"与"病痛"。"文学"，"亲情"与"自我"，为什么反复出现在你的远行、你的文学行记之中？

郭爽：先谈为什么我在写远方故事的时候，总是与内心深层的意愿紧密相连吧。对我来说，异域或者说整个现实世界，只是内心镜像的投射。有"巴黎症"的人看到埃菲尔铁塔，和对"巴黎症"及法国文化不了解的人看到埃菲尔铁塔，所激起的情感反应甚至生理反应是完全不同的。同理，相信上帝存在人，去以色列能感受到的也跟无神论者不尽相同。可以说，能感受到多少，取决于你知道了多少。

在写《我愿意学习发抖》时，我的人生就行进到了但丁《神曲·地狱篇》那句话所说的状态，"在人生的中途，我发现我已迷失正路，走进一座幽暗的森林"。这种迷失密林中的状态，跟我童年时那次的迷路有什么不同？人能否走进同一片森林？而如果没有经历父亲病危，在ICU里体验人的身体、精神的边界，我可能无法体会远藤周作经历病危时对信仰、写作和生命本身的反思。我写的故事舞台也许在国外，比如在德国或者在日本，但本质上它发生在我的心里。异国的场景、故事并不意味着只能纪实，它反而更考验作者的听觉、视觉和感受力，更考验如何去寻求具有普遍性的共鸣。我写的所有东西，都指向当下中国人的精神和生存状态，从这个角度来说，首先需要打开的就是我自己。

至于我的行囊里的"文学"构成之所以突出甚至成为特点，可能在于我不是像写报道那样，把历史的文学的思想的资料汇总、剪裁，以便让读者更好地理解我书写的这个时空。维基百科式的资料对理解一个具体的人物有何帮助呢？我也会用，但并不倚重。一是跟我的历史观有关，人在历史中并不总是跟潮流同步的，他跟他所生存的空间也不一定是紧密的，所以在描述和捕捉一个时空和时空里具体的人时，罗列出常规的信息只是一种拼凑。我几乎是像写小说一样，从角色内部去寻找他们的声音，寻找他们的文学材料，如果真的存在的话。其效果是文本和文本之间的回声拓宽了时空和想象。

《泗渡》是我在写的新书的一部分，现在还在进行中，所以我还不能从整体上来谈它。它延续了《我愿意学习发抖》的部分写作方法，包括与经典文本的呼应、发掘普通人的故事等，但舞台不只是在日本，时间也不只是在当下。我期待它会是更大胆的一次尝试。

写作是生命在书写，是在书写生命

何同彬： 本雅明在他的《讲故事的人》中引用了一句德国谚语："远行人必有故事可讲。"然后他把讲故事的人分为两种，一种是家居耕种的农夫，谙熟本乡本土的掌故和传统；一种是远方来客、泛海通商的水手，他们带来远方的传奇。而这两种类型又是交融互渗的，用他的话说就是："安居本土的工匠师和漂游四方的匠人在同一屋顶下合作，而每个师傅在本乡镇安家落户之前也都当过浪迹四方的匠人。"作为一个作家，你是如何理解本雅明这段话的？

郭爽： 安居本土的匠人和浪迹四方的水手，这好像说的就是我的理想（笑）。希望我能保持耐心、热情和行动力吧，无论是"在地"的写作，还是自我移动。这两者对我来说所需要付出的代价是一样，都是受苦，是肉身和精神的双重磨炼，缺一不可。

我其实很少读旅行文学，旅途对我来说不是浪漫，而是苦行。

大概因为我心中钦慕的"自我移动作为自我生产方式"的文学作品，是类似乔治·奥威尔、约瑟夫·康拉德写出的作品那样，作者扎入某个时空，秉持着信念坚持下去，苦其心志，饿其体肤，从而给我们带回清晰、明朗而又见所未见的图景，像黎明前大地上的哨音。像奥威尔那样，去西班牙前线当战士，或者像康拉德长年在海上航行，是远行，但都不是旅行。自我移动就是他们的生活本身，是他们验证自我生命价值的手段。写作当然需要一个好头脑，很多作者都太聪明，但我仍想说：写作是生命在书写，是在书写生命。从这个角度来说，作者如何把握和探索生命的本质，就是完成书写的过程，跟在哪里写、写哪里关系不大。

通过阅读文学走出孤岛

何同彬：我在导语中也提到了，因为疫情中无处不在的"安全距离""自我隔离"，因为日益严峻的中美冲突造成的敌意、隔阂，我们的个体和共同体正在弥漫起一种越来越浓厚的"孤岛"氛围，从一个写作者的角度来说，你觉得文学有没有可能帮助我们"走出孤岛"？

郭爽：我自己就是通过阅读文学而走出孤岛的例子吧！请想象一个贵州的小女孩，因为性格内向，整天待在家里看书，除了因为情节和故事而追读《哈克贝利·费恩历险记》《格林童话》《安徒生童话》，囫囵吞枣读下《罪与罚》之类名著外，最开心的事不过是背唐诗。很难讲孩童时的我从背唐诗里获得的是关于意象、美还是音韵的快乐，但我乐此不疲。这些构成了我的精神世界，让我在漫长的成长过程中，面对现实的困顿时有所依傍。

至于世界的变化，我时不时就会想起我在国外的小镇上遇见的那些平凡又不平凡的人，也许就像烤肉铺的老板哈米特对我的祝福一样，"祝你一直都带着好运气！"遇见这些还阅读文学、相信古典价值的人，让我的世界又坚固了一点。

　　我想用我的朋友蒂亚斯的话表达对此刻这个让大家感觉不安的世界的想法，在《我愿意学习发抖》里，我写了他。"平时，我是一个在职业学校里教宗教和道德两个科目的老师。我明白，'宗教'不等同于'信仰'，'信仰'与一个人的存在和方向有关。它也可以独立于任何特定的宗教教派。我知道我的能力和责任，主要是让年轻人能思考和搜寻，在你的生活中什么是重要的，什么能陪伴和安慰你，这里面包括信仰，哲学和文学……文学可以治疗我们。我相信你明白这一点。在书店，我们扮演角色，阅读一些文学篇章。在阅读童话的时候，我最愿意扮演的角色，就是《青蛙王子》里的青蛙。如果要分析这个角色，我想，这是我在这个时代里做出的古典的选择。试图去理解平凡的意义，转换的意义，承诺的意义。"

　　郭爽，青年作家，著有小说集《正午时踏进光焰》、长篇非虚构《我愿意学习发抖》等。获台湾第七届华文世界电影小说奖首奖、第二届山花双年奖·新人奖、第七届西湖·中国新锐文学奖、2019诚品阅读职人大赏·年度最期待作家奖、第二届"钟山之星"文学奖年度青年作家奖等。

我们该以何种方式与传统对话

何同彬　张定浩

在现代世界、当代社会，我们是否已经与传统断裂？我们应该以何种方式与传统、古典时代对话？安东尼·吉登斯认为，"传统的终结并不一定意味着像启蒙思想家所希望的那样的传统消失。相反，传统以不同的形式到处继续繁荣发展。但是以传统方式存在的传统越来越少。传统方式是指通过传统的内在要求来定义传统活动，通过传统对真理的内在要求来定义传统。"如今那些"国学热"中的乱象固然打着国学、国粹、传统文化的旗号，但由于对"传统对真理的内在要求"毫不知悉也毫无兴趣，因此不过是花样繁多的功利化、恶俗化、娱乐化后的"伪"传统方式。近一百年前，学衡派就倡导"论究学术，阐求真理，昌明国粹，融化新知。以中正之眼光，行批评之职事。无偏无党，不激不随"；如今，在这一涉及现代性、中西古今之争、人文主义、保守主义、古典教育、古典学建构的重要领域，我们仍然一如当年吴宓批评的"新"学：五花八门、欺世骇俗、竞奇斗异，只是一时的时髦……当然，近现代以来，在哲学、美学、文学、政治学等各个领域里，严肃地回望古典、与传统对话的学者、作家余音袅袅，不绝如缕，以各种形式力图"究天人之际、通古今之变、成一家之言"。2020 年 5 月，青年诗人、批评家张定浩推出了沉淀、打磨十余年的力作《孟子读法》，他能借此"重返历史现场"、"直面今人困境"，乃至"变今之俗"吗？

古典和古典主义是有差异的

何同彬：定浩兄，首先祝贺你的《孟子读法》出版，从《既见君子：过去时代的诗与人》，到今天的《孟子读法》，也包括你讨论新诗诗人的著作，以及其他的批评文字，无论是内容、趣味，还是视野、方法，都能看出古典、传统在你的诗学世界、文学世界中都占有很重要的位置；你甚至把 Alpha Go 的胜利看作是"古典人性"的胜利，也认为当代科学最前沿的认识和"古典精神"完全相通。我想问的第一个问题是，你对古代诗人、古代典籍的兴趣，或者说你精神世界里的古典主义倾向，除了因为 2008 年之后受到张文江老师的影响之外，有没有其他的原因？

张定浩：我是在 2003 年前后去听张文江老师课的，那时候和黄德海在复旦住一个宿舍，他一个本科同学考取了张文江老师的研究生，他好奇跟着去听了听，听完对他同学说，你这个导师太好了，然后回来就拉我一起去听，我们那时候都是思想共享。但我 2004 年研究生毕业后，因为工作等原因，就没有坚持去听，直到 2008 年才又厚着脸皮去听课。

如果说到古典主义的倾向，我想老师的影响是一方面，另一方面可能是自己的心性。禅宗有"啐啄同时"的说法，过去《礼记》

里也讲"有来学无往教"。我记得大学时就很着迷唐宋词，后来到复旦读研后也按图索骥地补了很多古籍的课，但确实是到张文江老师这里，才稍微找到一点门径或者是谱系，我记得最初听的是张老师讲《管锥编》，十部书囊括中国文化，那么回来之后就照着《管锥编》去读古书，边读边验证，虽然也没有完全读完，但至少心里大概有了一个框架。古典本来就不是和现代相对立的词，我们看当代西方很多现代、后现代的哲学家，没有哪一个是不读古书的，包括现在最火的福柯和阿甘本。

但古典和古典主义却是有差异的，我们现在所说的西方古典主义，具体可能是指17、18世纪的思想，就像我们说儒家或传统文化，往往其实指的是明清文化一样。西方的古典是古希腊、古罗马思想，它相对于古典主义，正如先秦思想相对于明清儒家一样，都是思想的源头而非结果，"为有源头活水来"，是生机勃发之处的东西，又对人性有一种和现代思想迥异的严酷认知。

所以对我来讲，这个古典倾向其实除了心性之外，又是一个认知求学的必然结果。你读海德格尔、福柯、德勒兹、阿甘本，会遇到柏拉图和前苏格拉底，你读鲁迅、钱锺书、张爱玲，也会遇到先秦诸子和《诗经》。但再进一步，你读了柏拉图和前苏格拉底，会对孔子和庄子体认得更为亲切，因为所谓轴心时代的大哲学家都是相通的，这也是钱锺书所说，"东海西海，心理攸同"。

很多作家喜欢用想象力替代文献爬梳力

何同彬：当前有很多当代文学领域里的作家、学人，都在以各自擅长的风格，在不同的领域、向度上孜孜以求地与古典对话，你觉得当代文学为什么有必要始终保持这样一种对古典、传统的关注、回望？当然，你们的这样一种"跨界性"（这样描述可能不太合适）的研究、写作，包括你在内，已经遭受了一些质疑（比如豆瓣上某些武断的否定），毕竟国学、古典学需要极其丰富、专业的文史修养，你自己也说自己的古典修养并不好（在我看来已经很好了），《孟子读法》是"在学习过程中写作"，但这样的学术性写作涉足的毕竟是专业领域，你有没有做好面对更多质疑的准备？毕竟目前还没看到特别专业、权威的学者对这本书做"标准"的学术评价。

张定浩：必须承认，很多当代作家写的有关古典领域的著作存在很多问题，他们很多时候是把古典现代化、简化，或者说自我化，所谓"我注六经"，从这些谈论古典的著作中我们可以看到这些作家，但不容易看到古典本身。我从写作这方面文章的最初，就希望能够避免这一点。而有可能避免这种情况的唯一办法，就是多研读文献材料，尽可能完全地占有所涉及领域的材料，从基本材料到最新材料。但这并不是说要囊括各种冷门材料，以生僻考据为能事，鲁迅当年批评郑振铎治文学史的方法，说郑只知道搜集冷僻书和稀有书，但所谓史识和洞见是要有能力从常见材料中提取的，鲁迅写《中国小说史略》就完全用的是常见书籍。

我觉得很多作家之所以写不好古典，根本的一点还是读书太少，又喜欢用想象力替代文献爬梳力。这个和专业无关，专业是一个现代学院体制驯化的产物，你在学院工作过应该知道，很多专业领域的博导并不能配得上"专业"两个字。读书，做学问，最终是一种自我教育。孟子也没有读过博士，他自称是私淑孔子，什么是私淑？就是以某个人作为榜样来进行自我教育。我可以很不惭愧地说，关于《孟子》的基础文献，我都是经眼过的，《孟子》的每一节我都是仔细比对数十种文献的，先倾听前人的讨论，再慢慢涵泳体会。我写这本书的宗旨也并不是要自我发挥，"立一家之言"，大凡当代治古典者打算立一家之言的，我觉得都要存疑，因为一不小心就会遇到一个欺世盗名者。我想做的，只是体会古典哲人的微言大义，辨析词句疑难，进而激发身心。你知道在古典注疏这一块，最令人丧气的是，你明白的地方注家大注特注，你不明白的地方注家也草草带过，我只是希望在这本书里尽可能地避免这一点，前辈已经说清楚的，我就少讲，别人语焉不详的地方，我就多说几句。

至于你说的豆瓣质疑，既然提到是"武断的否定"，那就不值得讨论。我最近在看奥尔特加·加塞特的《大众的反叛》，里面提到一句，"今天的作家在他提笔着手处理一个他素有研究的主题时，他总得想到这样一个读者，其读书的目的根本就不是为了从他这里学到点什么，而是要对作者的思想是否与自己大脑中已经存在的陈词滥调相一致做出判断"。《孟子》这一本书尤其明显，这仿佛是一本每个中国读书人都自以为读过的书，但很多人其实只是有意无间被灌输了一些有关孟子的陈词滥调罢了。我当然不会拒绝任何质疑，只要他说得有道理，所谓"有则改之无则加勉"。我私下里也收到过一些学者的反馈，都是正面的。我也很期待有专业学者来指正。

振作的底子就是对虚无的体认

何同彬：在谈到孟子对同时代失望的时候，你认为，"每一代的思想家,每一代人都会对自己的时代失望,但是失望之后有两种态度。一种是自我振作,一种是沉沦下去,我觉得这两种选择会一直持续下去"。就我的理解而言,《孟子读法》肯定在有意识地教导我们振作,用你类似于施特劳斯的"字里行间的写作"方式,"和种种'今之俗'对抗",让自己"成为一个有光亮的人",从而让我们"周围的环境就会变得更加明亮一点"。你真的相信你的"对抗"能改变"周围的环境"吗?8月12日,你在豆瓣上发布了一首新的诗作《诗艺》,我觉得那首诗里有些虚无、自我怀疑的你才是真正的你,《孟子读法》是不是你诗里面说的,"在那些糟糕的时刻"你"逼迫自己去写"的"冗长的文章"?你是不是一直在假装"自我振作"(笑),其实更倾向于"沉沦",或者是两者在你身上此消彼长、交替发生?

张定浩:很多喜剧演员都有忧郁症,但这不代表他在台上说的笑话、演的喜剧就不好笑,就不能让人愉快。你要意识到黑暗的存在,对光的体认才会更强烈。谢谢你看到那首诗。我在那首诗里想表达的,其实是一种在我身上一直存在的写诗和写文章的矛盾,写文章是可以看见一点一滴成果的,你慢慢找材料,研读材料,做笔记,慢慢形成思路,每天结束时你都会觉得有所收获;但写诗不是这样,至少对于我不是这样,写诗不是一个渐进式的工作。这些年我写的文章很多,但我内在一直希望可以多写一点诗,但写诗又那么艰难,所以常常又会逃避到写文章里去,我想表达的是这么一种纠结的情绪。我希望接下来一两年,可以不写文章,专心和虚无接触一下,写一点诗。

至于我自己的状况,我想我是一个比较悲观的人,但从悲观开始可能才能感知乐观。所以这并不是假装振作,换句话说,我理解的振作的底子就是对虚无的体认,是意识到最糟糕的事情发生之后自己会怎么办。孟子举过一个舜的例子,说舜早年窘困之时,他的态度是"若将终身",就当一生就这样了,设想将来也就是一个平凡普通的正常人,也不会有怨气;但等到后来做了帝王,他的态度是"若固有之",仿佛过去一直就是如此,这样就没有暴发户心态,非常从容。我觉得这种态度正是先秦儒家刚健有力的地方,就是永远在过去和未来之间的现世,设想到最糟糕的状况,也设想到最美满的时刻,然后无论如何,还是会继续认真生活下去。

鲁迅的"少看中国书"是有具体语境的

何同彬:鲁迅在古典学领域多有建树,如文字学、文献学、文学等,然而在那个1925年《京报副刊》青年"爱读书"和"必读书"的现代学术公案中,他和江绍原、俞平伯一起交了白卷,不但如此,他还着重强调:"我以为要少——或者竟不——看中国书,多看外国书。少看中国书,其结果不过不能作文而已。但现在的青年最要紧的是'行',不是'言'。只要是活人,不能作文算什么大不了的事呢。"你如何理解鲁迅对于国学的态度?假如有人认为,你在《孟子读法》里面提到的很多伦理问题、哲学问题,西学都有对应的,甚至更科学完备的知识体系,我们为什么要回到孟子或儒家学说呢?或者,有人也许会言之凿凿地说,解决中国目前最紧迫、重要的问题需要的并不是国学或中国传统,而是西学,你怎么回应?

张定浩:鲁迅当时说"少看中国书",是有具体语境的,那时候的中国最需要的就是西方现代思想；其次，鲁迅本人又是一直看中国书的。他反对的不是看中国古书这件事本身，只是以中国书作为挡箭牌拒绝西方现代思想。而他反对的那个国学，我觉得也反对得毫无问题，那就是封建糟粕。鲁迅写《故事新编》，提倡儒墨侠，这都是从先秦古典精神中找寻支撑。先秦古典，儒家，国学，中国传统，这是几个完全不能等同的概念，只不过在那样的乱世，是无从作仔细耐心的学术分辨的，所以那种激烈的倡议，只能视作壮士断腕。但我们现在是可以有精力和能力仔细分辨的。鲁迅去世得早，我们不能妄断他40年代之后的选择，但既然提到俞平伯，我们可以看到，俞平伯后来仍旧回到古典世界中。

如果有人说，解决现在中国最重要的问题是需要西学来解决，那么，我就要问他，是何种西学？解决何种问题？我们假如从某一种18世纪以来的西方政治学说出发去思考国家问题，你自然会得出解决这个问题需要的就是这一种西方学说。这是一个把埋进去的东西再挖出来的逻辑循环而已。当然，我也不会主张说解决中国问题就要靠国学，靠中国传统。因为很明显，是何种国学？哪一个传统？所有学问都是具体而微的，并不是在简单的二元对立中。李零说过，国学就是国将不国之学。在孟子那个时代，并没有国学的概念，那有的是什么？我们要追问的是那个在概念形成之前的具体之物，以及那个具体之物落实到自己切身的具体情境中该如何面对，而不是把学问分成几个框框做选择题。至于假设先秦儒家涉及的伦理、哲学问题，西学都有更完备的体系可以直接拿来用，那我觉得是不可能的，因为我们是被几千年中华文明影响过的中国人，你不可能把整个西方的两千年文明全部拿来吧，比如你不可能让中国人全部信耶稣吧，最后还是拿一部分。

更何况，如果我们对西学有更深入的了解，就会知道，最后你拿来的那个所谓完备的西学知识体系，其实已经是被西方当代哲人不断抛弃和反复质疑的，这又该如何是好？最后只能是所谓邯郸学步。

张定浩，毕业于复旦大学中文系，现居上海。著有文论随笔集《既见君子：过去时代的诗与人》《取瑟而歌：如何理解新诗》《批评的准备》《爱欲与哀矜》，诗集《我喜爱一切不彻底的事物》等，最近出版有《孟子读法》。

"果实是盲目的,树木方能远望"
——关于当代翻译的对谈

何同彬　张博

达姆罗什认为,世界文学是从翻译中获益的文学。因此可以说,没有翻译、译介,就没有汉语和汉语文学的今天,甚至也没有中国的今天。我们在翻译中获益,也深受翻译的困扰。如今的图书出版市场上,低劣的译作如过江之鲫,"荡气回肠"惊世骇俗"的翻译"车祸"频频曝光,豆瓣上的"翻译吐槽大会"流传着无数让人哭笑不得的译文。那么多国外广受推崇的学术大师、文学大家、诺贝尔文学奖获得者,他们作品的汉语呈现经常让人极其困惑、尴尬,以至于某些忠诚的读者因此时时萌生去学一门外语的强烈冲动。艾柯说,翻译工作是个"试错"的过程,与你在市场上购买一张地毯的情形相像……看来,是否能买到合适的、好的地毯就只能靠运气了。问题是,我们有全世界最庞大的热衷于阅读翻译文学的读者群,甚至很多中国作家几乎不读汉语文学作品(尤其同代人的作品),同时外语水平又如顾彬所讥讽得那样"不堪",就只能依赖译介"续命",靠翻译作品感受日新月异的世界文学的风云变幻,以至于部分汉语写作的命运在某种程度上被翻译主导。因此,过多的"试错"对我们来说无疑代价太大,那我们该如何面对翻译的过去、当下、未来,如何理解译者们工作的特点、难度,如何像博纳富瓦所说的,通过翻译与济慈、维吉尔"胆怯但充满信任"地结盟……这些问题将成为我与青年翻译家、勒内·夏尔重要的汉语译者、巴黎索邦大学博士张博先生对话的基本内容。

何同彬：你在法国诗人勒内·夏尔的翻译、研究等方面花费了很多心血,发表、出版了很多他的诗歌译作和相关的研究,我也认真阅读了你的几篇尚未发表的文章。在这些文章中你一方面充分肯定了张枣、王家新、树才、何家炜、葛雷、徐知免、钱春绮、江伙生等前辈译者的重要贡献,另一方面对于他们某些译作存在的误译、错译等缺陷、问题也进行了毫不留情的批评、分析。我也注意到你在豆瓣上曾经对一些勒内·夏尔、加缪的相关译作做过尖锐的评判,作为一位相对年轻的译者,你为什么不惮于对很多前辈译者采取这样一种争论、"冒犯"的方式讨论他们的翻译？与此相关,目力所及的范围内,你觉得国内目前的翻译存在的主要问题是什么？

张博：作为年轻译者,前辈们的翻译成果是绕不过去的,既不可能绕过去,也不必绕过去。勒内·夏尔从20世纪80年代初第一次被引入中国,到如今在中国能够拥有较大的知名度,成为中国读者心中最具代表性的法国当代诗人之一,这首先便归功于前辈译者的努力。最近十年来,法国勒内·夏尔研究界越发关注夏尔的海外接受问题,除了欧洲国家的情况之外,像日本、阿拉伯世界都进行了颇为系统的讨论，但关于夏尔在中国的译介一直是空白。而我在最近写成的法语文章中便提出，40年间对夏尔的汉译一直在持续推进，仅就数量而言在世界范围内亦位居前列，理应得到充分的重视和尊重。对于前辈译者的夏尔诗歌译文，我一直保持充分的敬意，因为是他们在一个更封闭的社会环境下、更艰难的物质条件中完成了夏尔译文"从无到有"这个根本性的转折，从而让我这种后来者在今天有了精益求精的机会。但具体到某一篇译文的词语细节，不能否认，除了一些在可接受范围内的译者理解差异和自由发挥之外，夏尔的汉译确实存在着对错问题。比如法语中的某个词汇被译者看成了拼写相近的另一个词汇，比如原文长句中的某个成分在译文中被直接删去，又比如对长句中各个意群之间的关系进行了明显错误的切分，把动词看成名词，形容词看成动词等等，这样的硬伤如果在一位知名译者笔下频繁出现，当然是需要被"冒犯"的，至少我没有理由要去回护或遮掩。有些篇章经常重版、再版或者收入其他译文集，但这些简单的语法错误从来没有被修正。换句话说，译者在一朝完成其汉译之后，再也没有回到过原文，那么他嘴上说得再虔诚，行为也是不虔诚的。尊重前辈的历史地位和意义，与指出其中的缺陷问题从而在未来使夏尔译文得到改善，这两方面我觉得并不矛盾。我觉得一些试错过程也很有好处，错误同样有其教益。我也经常看豆瓣网上对我译文的评价，除去一些单纯的辱骂不值一观之外，同样存在有价值、有建设性的批评意见，后续再版就会做出调整。作为年轻译者，关于国内翻译界的主要问题我没有资格也没有底蕴多说，但如果仅仅从夏尔的角度，我想也许中国需要更专、精的译者，能够持续长期在某些对象的作品中深耕，需要对作品的耐心和敬意，而不是浅尝辄止地四处涉猎。当然，在一个文学翻译稿酬如此低下的时代，频繁接下各种翻译合同也许是出于生存需要。所以问题不只在译者方面，整个市场、出版业以至于学术机制也许都有待于做出调整。

何同彬： 在有关"好"的翻译家、翻译文本的各种讨论、争论中，读者们经常有一种共识性的倾向，就是特别推崇现代、当代的那些前辈翻译家，或者说更喜欢那些经典文学及人文社科著作的"旧译"，你是如何看待这种倾向的？今天的新的从事翻译工作的学者、译者们与前辈翻译家们相比有哪些不同，或者面临怎样新的挑战和任务？

张博： 读者更喜欢"旧译"，并且能够形成师兄所谓"共识性的倾向"，这说明它是读者主动选择的结果，那么就一定蕴含着必然的理由。我想首先是因为一些"旧译"确实比"新译"更好，更值得喜欢。比如前辈译者花几十年时间琢磨出来的译本，哪怕语言习惯和现在有一些差异，那也比新译者用几个月或者大半年时间匆忙给出的新译本更有价值。这就是我上文说的耐心和敬意。但这并不能得出结论说，所有的旧译都比新译好，旧译的每一个措辞都比新译好，这是一种盲目和盲从，推崇的不是旧译而是旧译所代表的权威，那么读者的主体性其实已经消失了。在勒内·夏尔领域，我当然是个新译者。对于旧译，我简单分成两个阶段：第一个阶段是20世纪八九十年代的初步了解，那时候中国刚刚从封闭中走出来，百废待兴，所以那一代译者的任务，就是尽快把面铺开，把一个个人名点亮，让国人知道法国现代诗坛版图的总体景观。因此译者的目的就是翻译十几位甚至几十位法国诗人，每人五到十首，很多法国诗人都是那个时期进入中国的，夏尔也是其中之一，涉猎广博恰恰是那个时期对译者提出的要求，是当时我国文化处境的必需；第二个阶段，我称为集中关注，由张枣、树才、王家新等诗人译者所主导，他们在夏尔的诗歌中发现了令他们着迷的全新语言触感和质地，也许也从中看到了汉语诗歌的某种生长契机，于是他们更多地把精力专门投向夏尔，也让夏尔的诗名从一大堆法国诗人名讳中脱颖而出。而到了现在，我觉得就可以更系统深入地对夏尔进行挖掘了，换句话说，应该让他得到更本真的呈现了。一方面是学术上的探索，在中国一直流传着一个"神话"，似乎夏尔的诗歌在法国一直没被学界看懂，也没有多少有价值的学术成果，这当然是不确切的，法国的夏尔研究绝对有值得引进的内容，至少有助于我们理解夏尔在法国诗歌史中的位置与新意，我在索邦大学做关于夏尔的博士论文，从法国学者那里获益良多，包括夏尔遗孀玛丽—克劳德·夏尔给我提供的许多资料，都可以介绍给国人；另一方面则体现在翻译上，就是要译介夏尔的完整诗集，因为夏尔是一个对诗集有整体构思的诗人，而这一点在此前的诗选或散译中注定无从体现。同时，在翻译中也需要适当做一些注释，比如某些涉及特定历史时期的诗篇，有必要做出背景交代，比如一些复杂的意象组合，也可以在注释中略作解释，当然还需要掌握某种限度，解释得太具体也许会限制读者的想象，做出一些有效引导就可以了。有些读者以为注释就是对阅读想象力的框限，似乎无边无际的迷思才是最佳阅读状态，至于作者的本意是什么他根本不想知道，这是一种狂妄。古人在给李、杜编纂诗集时也要做各种笺注的，何况对于来自万里之外的夏尔呢？这种译注工作其实也是学术。所以，我觉得今日译者的任务，就是以文本细读式的学术研究为支撑进行更加专精的翻译，长期浸淫于夏尔的诗歌世界精耕细作，不断地自我批评、自我修正，给出让自己更满意的译稿，去和旧译竞争。事实上，作为后人，与前辈们的译文放在一起供读者选择，在今天绝非没有优势。一方面，经济的发展让当下的出版机构有能力去购买诗集的完整版权，而且可以提供更精美的纸张、印刷、装帧以及更完善的营销、推广；另一方面，作为后来者，前辈们的经验教训全都摆在眼前，也许我不赞同前人对某个语句的整体处理，但其中某个动词的译法也许极为精妙，值得我学习，那么我为什么不保留下来呢？一代代译者本就是后人的踏脚石，让后来者能够借助自己往更高处攀登，在我看来这恰恰是传承的真谛。我的译文也注定会成为后人的踏脚石，一定会有对夏尔理解更深、遣词造句更精妙的译者出现。而我最大的愿望，就是自己的译文能够成为一块坚实可靠的踏脚石，不至于太过迅速地凹陷、碎裂。

何同彬：在百余年的新诗史中，"诗人译诗"已经构成了一个重要的传统，以前有我们很熟悉的胡适、郭沫若、梁宗岱、徐志摩、冯至、戴望舒、卞之琳、艾青、王佐良、穆旦、陈敬容、袁可嘉等前辈诗人，当前很多活跃的诗人也在从事着诗歌翻译工作，比如北岛、西川、王家新、张枣、树才、高兴、张曙光、李笠、汪剑钊、黄灿然、李以亮、杨子、胡桑、秦三澍……这个名单可以列举很长很长，甚至有些外语水平还不够翻译要求的诗人也迫不及待地加入了"诗人译诗"的潮流中，这和小说家面对翻译工作时的心态很不一样，你是如何看待"诗人译诗"的传统的？

张博：我刚才也提到了，在夏尔的汉译史中，诗人译者的分量极重，贡献也很大。我和一些诗人也常常探讨翻译问题。"诗人译诗"的根本，在我看来，是对汉语的凝神注目，他们在遣词造句方面，不但有琢磨铸炼意识，而且会充分考虑汉语诗歌现代性的要求，会刻意在翻译中试探汉语可能性的极限，会通过对外语表达的直接引入去丰富汉语的表现力。我认为这些都是极好的，我自己在翻译中也在实践。一首外国现代诗，在被译成汉语之后，它其实就进入了中国文学语境，成为一首中文现代诗，而如果由诗人译诗，那么在他的翻译与创作之间就有了更多的连接和张力。不过诗人译出的作品最后究竟更多指向原先的对象还是诗人自己，这可能涉及诗歌翻译伦理问题。比如保罗·策兰把勒内·夏尔的诗篇翻译成德语之后，诗歌风格变得非常策兰化，这到底好不好在西方也没有定论。我个人持保留态度，因为师兄也看到了，我更强调"本真"。在翻译领域，一直存在着"诗人译诗"与"学者译诗"之争，诗人看不上学者的译文，因为觉得对方的文字缺少灵气、机械、死板、沉闷，学者看不上诗人的译文，因为觉得对方飞扬跋扈，肆意发挥，过分跳脱原文原意，把翻译变成了再创作的舞台。我觉得"诗人译诗"胜在对词语的感知，"学者译诗"则长于对文意的捕捉，如果二者能够在译者身上统合，才是最佳状态。翻译在终点处，是对汉语诗意的把握，要想在汉语中呈现得好当然需要一些诗人的素质。但翻译在起点处，却是对原文的理解，而且是极深度的理解，这就需要学者式的钻研，除了一篇诗歌文本之外，还要做大量的延伸阅读，包括熟悉诗人的生平、时代背景，包括理解诗人的隐喻网络体系，尤其是体会诗人在其母语中透露的诗意，这对译者的要求是极高的。只要能做到这些，不管他是诗人、学者或其他身份，我觉得就是当之无愧的好译者。

而且在把握汉语与理解原文之间，我以为后者是根本，原意吃透了，在此基础上寻得的汉语表述才能成立。举个例子，夏尔有一首名作《黄鹂》，最后一句的意思是一切现存事物从此刻起都结束了。因为这首诗作于第二次世界大战英法对德宣战那一天，夏尔感到了旧世界的崩解，曾经拥有的一切一去不返。但有不止一位前辈诗人译者把它译成了"一切永不结束""一切永不会终结"。那么无论这句译文在结尾处显得多么英勇无畏，包含着对于未来何其强大的信心，这都是误读，是错译，是彻底的偏离，是需要被"冒犯"和修正的。但至于说究竟是译成"一切就此终结""一切到此为止""一切从此了结"还是"一切永远结束"，我觉得在翻译上都是等价的，区别只在于译者对于诗风、对于上下文韵律的选择，此时此刻如何措辞便属于译者的自由了，诗人译者依然有其发挥空间。但如果把原意理解错了，译出的也许是一个漂亮的汉语诗句，甚至以其自身的存在对汉语诗坛产生积极影响，这些误译本身作为用汉语书写的诗歌文本客观上也在中国诗坛流传了二三十年甚至更久，其自身的传播已经足以构成一部"误译的接受史"。许多误译并不因为其错误而缺少影响，其重构出的内容在汉语语境中同样可以发生有效的意义，同样带给读者以惊叹和惊喜，甚至成为一些当代诗人的精神养分。但它不再是夏尔的诗句。

何同彬："误译的接受史"这个说法很有意思，我也非常认可。我在去年复旦大学举办的、主题为"世界文学和青年写作"的双城文学工作坊上表达过类似的观点：不准确的翻译、误译构成了现代中国、现当代文学的基本动力，不准确的理解带来一种特殊的体验，激发出特殊的文学想象。可是说到底，误译从翻译的角度上来说毕竟是缺乏合法性、合理性的，你是如何理解这其中的矛盾？在具体的翻译过程中，是不是存在有意的误译和无意的误译的区别？当然，以上的讨论仅限于诗歌翻译。

张博：我觉得关于误译是否合理的问题，需要分成两面来看：第一，误译之"误"，作为错误的译文，比如勒内·夏尔《比利牛斯山》一诗首句"雄奇突兀的山啊"，原文跟"雄奇突兀"其实毫无关系，新一代译者当然不能将其当作正确去接受，需要在新译本中进行彻底修正，并且告诉读者，之前的译本哪里错了，原文本意是什么；第二，误译之"译"，作为一种曾经产生过影响力的译文，我们需要从接受史的角度注意到它们的历史价值，不能单纯说一句译错了就简单清算，完全可以把译文放在汉语诗歌史的脉络里做相对独立的观察，就像这句"雄奇突兀的山啊"，徐知免老先生的译法吸引了无数读者的注目，激发了旷古辽远的诗意想象，绝对有资格受到重视。甚至可能当读者知道了"雄奇突兀的山啊"原文的意思是"伟大受骗者们的山"，说的是那些在西班牙内战中受到欺骗的共和主义者，恐怕会觉得挺没意思。也许他还更喜欢"雄奇突兀的山啊"这个表述，不过他需要知道他喜欢的是这个表述本身，是在对夏尔诗歌误译基础上激发出的中文本身的创造。而且，在诗歌翻译领域，很多时候"正""误"之间的界限十分模糊。例如，张枣1996年在《今天》杂志上发表的夏尔诗歌译文《一个女涉嫌者的颂歌》十三首，这是夏尔晚年最后一部诗集，也是中国第一本完整翻译的夏尔诗集。张枣的译文澎湃精妙，至今仍被大批读者奉为夏尔译文经典，我自己也常常喜欢重读。但如果阅读法语原文，我可以明确地说，这组诗绝不是夏尔一生最高成就，甚至连代表作也称不上，而更近似于对其晚年衰老生活的一种见证，甚至它本身就象征着衰老：诗篇的遣词造句都透露出一位精通作诗技巧的诗人在创作力衰颓后的悲叹。从这个角度看，张枣在翻译中为这组诗大大地润色和加工了，至少那种衰老的词语状态在汉译里看不到了，反而到处勃发出强劲的话语力度。张枣在自己诗人的壮年期给临终前的夏尔带回了活力。那么从这个角度看，张枣的译文是不是一种"误"？我觉得这根本无法轻易做出非此即彼的评价，而且我常常想，张枣的译文在前，如果再让我来译这组诗作，我怎么处理？简直不敢下笔。秦三澍在译博纳富瓦晚年诗集《弯曲的船板》时曾和我说，他不得不在译文中对博纳富瓦的某些语句进行加强，否则和树才的译本对比肯定要被读者轻视和咒骂。所以对年轻译者而言，追求本真没那么容易。也许有一天，当我译出更多的夏尔诗文，累积出足够的声望之后，我会用完全不同的方式来处理张枣翻译过的这组诗篇，但就目前来说，我只能先把前人的硬伤修正过来，把未译的诗集引入进来。

何同彬：有很多读者、诗人，甚至包括一些学者，往往把那些他们不认可的晦涩难懂的诗歌称为"翻译诗"，或者把某些流行的学院写作的弊病也归罪于受到翻译文本的不良影响。另一方面，宇文所安在批评北岛诗歌的时候提出了"世界诗歌"的概念，认为这种国际性诗歌是中国这样的国家的诗人们想象出来并把自己放置在里面的"一项奇特的活动"的产物，是"英美现代主义，或者是法国现代主义的翻版"，"它们有自行翻译的本领"。这两种情况都应该属于汉语诗歌受到翻译影响之后产生的"问题"，你觉得诗人们的创作应该如何对待译作携带的这种普遍而强大的"影响的焦虑"？

张博：关于这个问题，我觉得由我这个不是诗人的译者回答好像不太合适，我也没有机会感受这种"影响的焦虑"，只能作为译者谈点个人体会。我的勒内·夏尔译文，在豆瓣网上也被个别网友讥笑为"机译体"，但我对于这类讥笑其实是极度嘲讽的，因为这些网友可悲的语言经验使他们无法认识到我的用心，损失的只是他们自己。在我看来，现代汉语在延展性方面的潜力还远远没有走到尽头，所以在翻译许多夏尔长句的时候，我会尽可能像原文一样不打逗号，去尝试一下有没有机会表达出来。当然，我承认并非所有的尝试都成功，以后会想办法修改，但也不全然是失败。比如，"活下去，为了能在某一天更加热爱那些昔日你的双手在那过于幼小的橄榄树下仅仅轻抚过的事物。""那把苦难制成面包的人在他淡红色的昏睡中隐没不显。""我在船艏的悬杆上占据了一个无人察觉的位置，直到那映红我灰烬的花开日。""我们已如此完满地生活于例外之中，唯有我们知道如何摆脱生命的奥秘里非此即彼的面貌。"这些句子，我觉得在汉语中是立得住的，也是值得诗人们继续探索下去的。回到师兄的问题，在当下的法国学术界，"影响"这个词的使用频率已经很低了，更多时候用的是"启发""启示"。因为"影响"似乎总有一种置身于阴影下的被动性、受迫性，而"启发"则更多体现出自主性、能动性。在我看来，虽然我不做语言学研究无法给出精确定义，但现代汉语如果说在词汇系统上对古代汉语有所传承，那么在句法体系方面与各种外语存在着肉眼可见的近似。汉语新诗的诞生与发展，也确实和外语诗歌的引入有密切关系。比如李金发但李金发读了波德莱尔、魏尔伦，译了皮埃尔·路伊斯之后，他有"影响的焦虑"吗？没有。他回国搞了一套和法国象征派形似神不似的新东西。过去很多学者说李金发学法国学得像，这个评价其实偏了，因为从本质上本就不像。法国学者曾贬斥李金发之流都是墙上的涂鸦，学得完全不到家，这个评价其实是对的，但是毫无营养。法国学者的这个评价里存在对本国文化的自恋情结，所以觉得学得不像的都是垃圾。而李金发有意思的地方，恰恰是学得不像，然后在变形中打着法国派的幌子走出了一条属于他自己的路，从而在世界文学版图中对象征主义的外延进行了丰富。这一点法国学者视而不见了，而中国学者因为觉得李金发学得像而被遮蔽了。所以学习外国，是为了成为自己。李金发在民国时代能做到的，今人为何做不到？宇文所安的批判，是把阶段性当成了全体性。试想美国文学在某段时期也不过就是欧洲各种主义的翻版，也一个个要去欧洲"朝圣"，他对自己母国的历史莫非视而不见？我觉得勒内·夏尔的一句话可以作为诗人们的行动指南："积累，然后分发。去成为天地之镜中最致密、最有益同时最不显眼的部分。"

何同彬：一方面国内的阅读公众、出版市场、教育产业等普遍性地对版权引进、翻译有着持续高涨的需求；另一方面，无论是译者的稿费还是相关学者在高校职称考核中不受待见的处境，都导致越来越少的人愿意奉献于其实工作难度很高的翻译职业，或者催生出很多水平很差的译者译出的的质量低劣、广受诟病的文本。你作为一个年轻的、入行还不算久的译者，怎么看待这种生态？你觉得你花费这么多心血的诗歌翻译作品能够真正走向更多的大众吗？

张博：关于生态我无能为力，只能尽力做自己能做的，何况就算想提高待遇，也得先出名再说（笑）。至于师兄说翻译在学术上"不受待见"，这要看怎么做。单纯的翻译是不纳入考核，但作为译者第一时间产出的相关论文呢？后续的进一步深入研究呢？由于系统翻译而占领的学术阵地呢？所以重点不是翻译，重点是翻译后如何向学术转化。尤其是像夏尔这种相对新的诗人，如果没有译本，没有知名度，学术怎么推进？对于外国文学领域的学者而言，翻译和研究一定是二位一体，相辅相成的。很难想象一个研究福克纳或者马尔克斯的学者，一辈子都用别人的译本说事，这怎么可能建立权威性？很多人因为翻译浅尝辄止，译的一本本书之间没有任何联系，今天一本托克维尔，明天一本莫迪亚诺，谁热谁红就译谁，随风而动，当然很难有学术成果，这就需要我之前说的专、精。我在法国的时候，曾经写信向很多学者请教夏尔诗歌方面的问题，一开始常常不予回复，或者简单回答说可以看某篇文章。但《愤怒与神秘》出版之后，我把书送给他们，态度立马改善。他们不再把我当成一个普通博士生，而是一位中国同行，因为他们觉得我的工作很有意义，而且我提的任何关于夏尔的问题他们都会给我极细致地解释，有各种诗歌活动也热情邀请我参与。这对我的翻译工作、学术成长都帮助极大。作为词语摆渡者，译者的目光不能只盯着国内，一个世界性的学术共同体都是我们可以参与的，这其中的学术潜力还远未穷尽。关于走向大众的问题，我在法国待了快十年，也认识不少法国当代诗人，其中亦不乏名家。但我注意到这样一点：在法国，一位知名当代诗人出一部诗集，如果不是在伽利马那种超级出版社，很可能首印数只在五百到一千册之间，如果能卖到两三千册，那已经可谓巨大的成功了。如果这么看，根据译林告知的信息，《愤怒与神秘》在出版后不到半年就在国内卖出近一万册，那已经可以说是走向大众了。我在法国跟玛丽—克劳德·夏尔说起这个销量，她当时就惊呼不可思议。我在巴黎曾经和阿多尼斯吃过一次饭，期间谈起他对中国、对南京的印象，他说他绝对无法忘却在先锋书店的签售会，云集而来数千名中国读者而且大多是年轻读者，他说这是他一生的巅峰时刻。要知道在巴黎，哪怕"诗人之家"的朗诵会，请来国际知名的诗人，一般也只会去百来人，而且大部分是老人。所以，相对于中国庞大的人口基数，几千、一万简直微不足道，但换个角度，其实亦可谓"众"。我坚持认为，理想读者不是天生的，而是被培养出来的。诗歌读者尤其是如此。像夏尔这样的诗人，难度当然存在，但绝非不可理解。如果一册诗集读者拿在手上，前后没有任何交代，译文没有任何注释，那么他只能进行一种"去时空化"的阅读，只能单纯依靠他的感性经验去面对词语，也许偶尔会有一些灵光乍现，这更多时候会让他感到迷茫，直至最后大概率弃读。所以需要更具体细致的工作。在《愤怒与神秘》小有成绩之后，我和译林社也对后续进程有所规划，译林出版社决定继续投入，在三至五年内由我主译完成一套"勒内·夏尔作品"系列，目前已购买或决定购买的版权包括：《愤怒与神秘》（修订版）《共同在场：勒内·夏尔自选集》《寻找谷底与顶峰：勒内·夏尔诗文集》《诗人自选诗朗诵CD》《阿尔贝·加缪—勒内·夏尔通信集》《勒内·夏尔传，诗意燃烧之所》。在这套策划中的系列里，既有诗歌、散文、通信，又有原声朗诵，再加上一部法国学界公认的优秀传记，不排除后续还有其他内容加入，而且每本书在正文后都应该会配有一篇评论文章,可能由我自己来写,也可能我去邀请法国学者撰写。我觉得这样系统性的译介,对于夏尔在中国真正扎根,肯定有所帮助。就我个人的意愿而言,我当然希望我的译介能够走向更多的大众,但卖得好不好,不只是单纯的内容问题,营销、宣传、渠道包括各种在地或线上的推广都需要发力,我只能尽我的努力把我能做的做好。对于结果,我始终牢记夏尔的名言:"果实是盲目的,树木方能远望。"

张博,青年译者,南京大学文学院学士,旅法留学九年,就读于巴黎索邦大学文学院,主要研究法国二十世纪文学。2018年出版译著《愤怒与神秘:勒内·夏尔诗选》,并先后为《当代国际诗坛》《世界文学》《诗选刊》等编译夏尔诗歌专辑。

关于"文学之都",我们知道的还远远不够

何同彬　袁爽

2019年10月31日,联合国教科文组织(UNESCO)批准66座城市入选"创意城市网络",其中南京入选"文学之都",成为中国第一个获此称号的城市。南京乃至全国热爱文学的人们无不为此欢欣鼓舞,他们认为南京获此殊荣"当之无愧""实至名归"。然而何以"当之无愧",什么是南京的"实"呢?如果是我们引以为傲的文学传统,那何以这些内容在申报书里不过寥寥300余字?已有的28座文学之都的城市代表们真的会因为申报书里提到的《文赋》《千字文》《红楼梦》《四书五经》、赛珍珠而把票投给南京?事实上,南京曾经拥有什么、已经拥有什么并不是它得以入选"文学之都"的主要原因。"文学之都"如同诺贝尔文学奖等国际荣誉,我们经常习惯性地赋予它们太多"入乡随俗"的中国式想象,然后在这种没有根据的想象中忘情"自嗨"。"文学之都"在"创意城市网络"框架里的目的、规则、价值,

南京申报过程之跌宕起伏、艰苦卓绝，未来"文学之都"建设、考核所需要做的系统工作……这一切实际上已经在舆论和大众的"欢欣鼓舞"中被忽视了，从而暴露了我们并不真的了解和关心"文学之都"的基本事实。这也就是为什么我们有必要与全程负责南京申报工作的南京文学之都促进中心主任袁爽进行这样一次对谈。

文学与南京有着与生俱来的渊源

何同彬：你从2017年就开始负责南京申报"文学之都"的具体工作，应该是最熟悉和了解"文学之都"这一项目的，我想你比我看到了更多大众和媒体对于"文学之都"的认识盲区，所以请你借此机会介绍一下它，包括南京申都的过程，以帮助大家正确理解"创意城市网络"和"文学之都"。

袁爽：联合国教科文组织"创意城市网络"（UCCN）创立于2004年，旨在促进创意文化成为区域发展战略核心，积极开展国际合作，彰显创意在城市可持续发展中的重要作用，激励成员城市将创新付诸行动。"创意城市网络"下设设计、文学、音乐、手工艺与民间艺术、电影、媒体艺术、美食等七大门类。2017年经过审慎调研后，南京最终选择申请难度最大、含金量最高的"文学之都"。

目标确定后，我们比照历年申报文件潜心钻研，发现联合国教科文组织除了考量候选城市的文学历史积淀外，更看重文学对于城市的当下和未来发展的价值及意义。简单地说就是，如果成为文学之都，南京能在创意城市网络发挥什么作用，而创意城市网络又能给南京带来什么帮助呢？当然，南京拥有深厚的历史文化底蕴和丰富的文学资源，文脉绵延是这座城市独有的伟大气质，可是申报报告中提及历史陈述却只有一个问题，且限制在375个汉字之内，多一个也敲不进去。这些问题让我们再次体会到，"文学之都"并不只是字面意义上的"文学"之都。

第一个难题就是申报口号的确立，这也是申报材料的灵魂所在，在多位国内外专家学者来稿中，最终选择了这一句："Literature for life，Literature for all。"前半句中"life"一词具有双重含义，既指文学融入每个人的生活，构成了这座城市独特的文化基因，也指文学赋予这座千年古城的活力；后半句强调的是文学对于城市居民的可及性和公平性。秉承这一理念，我们组建了国际顶级专家撰写小组，经过十几轮的打磨校稿后，又邀请联合国教科文组织资深专家、"文学之都"城市负责人等进行审稿润色。功夫不负有心人，南京的申请报告赢得了评委一致好评，获得了鲜见高分。另外，根据申报要求，每个城市需要提供一部申报宣传片。面对诸多创意脚本和题材，我们最终选择了纪录片这一形式，纪录片考量的是讲故事的能力，这就意味着内容需要足够打动人，虽然有一定风险，但我们希望能够让世界看到真实的南京。短片以"文学是一种思想"为核心，以南京作家的代表人物毕飞宇为主线，通过几位业余作家的经历感受，以独特视角展现文学赋予这座城市的滋养与内涵，这是南京独有的真情实景。南京有很多业余作家，他们职业不同，有教师、农民、公务员……可是他们又拥有一个共同的身份，那就是作家。文学与南京有着与生俱来的渊源，文学血脉在她身上流淌了1800多年。

"天下文枢"到世界"文学之都"的千年跨越

何同彬： 我毕竟初期参与过申都，所以知道用"实至名归""当之无愧"来概括南京的申都结果是过于简略的。据我所知，整个申都的过程就像北京申办奥运会一样，极其艰难，面临很多国内、国际的困难，经过无数的调研、论证、会谈、博弈……你能给我们简单描述一下你所经历的最严峻的"考验"吗？

袁爽： 按照评审规则，每个文学之都城市都有投票权，对于申报结果起到至关重要的作用，这也是申报过程中最大的挑战。文学之都与其他几个门类不同，相对来说更为直接涉及意识形态和相关的国际话语权。之前入选的28座文学之都城市，有21座来自欧美国家。2019年国际形势日益复杂，种种不友善的声音在西方甚嚣尘上。

通过前期拜访和项目交流，我们发现一个严重问题，就是这些世界文学之都城市对中国、对南京的城市和文化并不了解，因为不了解所以不理解，更谈不上喜爱或认同。理解上的隔阂只是其中一个方面，如果再加上国家站位、利益驱使和历史根源等因素，问题就变得尤为复杂。每种文化都渴望被认同，这也是西方国家多年来对外输出价值观、传播文化理念的国际表达方式。如何让他们从内心理解和接受我们的文化理念、城市内涵，成为申报过程中的最大难点。我参与拜访了21座文学之都城市，每次在介绍南京的时候都会得到赞叹或是对方惊讶的目光。的确，南京的历史地位、文学成就、城市规模、科教实力、创新发展等方面都非常耀眼。但也看得出，他们对中国、对南京的了解非常有限。记得在巴塞罗那拜访期间，对方向我们展示精心准备的中国图书，想给我们一份惊喜，也的确把我们给"惊"到了：作为欧洲的文化出版中心，在这座城市中广为流传的中国图书竟是"前卫"的艺术书籍，书中的图片多是梳着短发、拿着烟斗、满是文身的少女。在他们的印象里，中国仍旧是一个神秘而遥远的国度。好吧，我们当时的第一感觉就是这个文学之都的桥梁应该早点搭建，我们来晚了。

在等待申报结果的"至暗时刻"，20多座候选城市都在四处奔走，全力以赴。我们知道真正的较量其实在暗处，看不见摸不着，却感到硝烟弥漫，火星四溅。正如我们预料，有部分国家和教科文组织官员提出了不同意见。大家都明白，这是多年来文化走出去、树立文化自信遇到的最大困难——文化认同，如何改变这些根深蒂固的观念，南京再次遇到了挑战。在紧要关头，我们有幸请到法国诺贝尔文学奖得主勒·克莱齐奥先生。自2011年至今，勒·克莱齐奥先生在南京大学担任名誉教授，每年都会在宁小住。他给联合国教科文组织写了一封对南京的推荐函，信中写道："南京凭借其悠久的文学历史与鼓励阅读的多种创举，促进了文学在中国的发展。各种群体，无论居民、外来务工人员都可以找到适合的文学作品，并启发他们的下一代继续阅读。作为一名作家，我认为南京无愧于文学之都的典范。"勒老发自肺腑的真诚话语打动了联合国教科文组织以及摇摆不定的城市代表。历经九九八十一难，我们最终顺利通过国际专家评审、世界文学之都投票等重重考验，南京实现了从"天下文枢"到世界"文学之都"的千年跨越。

对"文学之都"南京的考验才刚刚开始

何同彬：你们先后拜访了多个国家的"文学之都"城市，这些城市的文学氛围、文学在城市发展中发挥的功能，以及"文学之都"相关机构的建设、运营等方面，有哪些值得我们学习和借鉴的地方？我们南京在加入"文学之都"之前、之后已经或即将开展的重要计划、工作有哪些？因为据我所知，联合国教科文组织隔几年就要对入选城市的相关建设进行检查。

袁爽：如此集中进行"点对点"拜访实属无奈，所幸收获颇多，感受深刻。举几个例子，我们拜访英国文学之都诺维奇的时候，在地图上根本找不到他们办公室的确切位置。但下了火车，通过询问路人，我们找到了文学之都办公室。一路上每问到一个人，他们都能迅速回答并随手指向办公地点的方向。我们就这样走了15分钟，毫不费力地找到了。我们不禁感叹，这座城市的市民是多么熟悉和热爱"文学之都"，能做到这一点还真是不容易。

还有一次，我们到了爱尔兰的文学之都，市政厅的领导接待我们的第一站不是去会议室会谈，而是直接去图书馆看话剧。一个小时的表演，三名专业演员，五六个场景，讲述了一位刚退休的老人的生活日常，表演很精彩。市长说这是为欢迎我们安排的首演，他希望通过话剧让我们感受市民对文学的热爱和整个城市的文学氛围。这也成为我们所有拜访中印象最为深刻的一次，我们记住了那场话剧、那个故事，还有那座城市。

去拜访西班牙的文学之都格拉纳达时，在他们办公楼三楼的活动教室里，我们看到一些残障人士在上舞蹈课。专业的老师在教他们跳舞，这些老师都是持有专业证书的志愿者，很多都是当地有名气的大人物。老师说他们更需要释放，千万不要认为身体残疾，不方便运动就不需要运动，我们更要给他们提供关爱和机会，帮助他们释放自己，打开心扉，拥抱生活。

以上的几个案例都是我们在拜访时的经历感受，我们深刻体会到其他"文学之都"城市有太多值得学习借鉴的地方，在欢呼雀跃的同时，我们应该意识到，对南京的考验才刚刚开始。对于入选城市来说，文学之都代表了荣誉，更意味着责任和义务。南京自加入以来，在国际交流合作方面，我们发布推出了"南京文学作品翻译资助计划"，每年精选四部表现南京历史、现实与人文的优秀文学作品，资助其翻译出版；"南京国际文学家驻地计划"每年会从世界文学之都城市中遴选6—8位作家来宁参加为期一个月的驻地写作，通过在宁期间的亲身体验，参加文学交流活动，增进理解，带动创作。

今年2月，在全球疫情大蔓延的背景下，南京在网络内发起抗疫励志海报设计活动，包括南京在内有21个文学之都城市积极参与。4月23日（世界读书日）又发起"共读经典"国际文学作品领读活动，收到来自8个国家的知名作家的诵读视频。6月发起的"一城一景"明信片征集活动收到包括南京在内的34个城市的精美作品，回应比例近90%。网络负责人Damjan（卢布尔雅那）表示："南京倡议在网络内得到如此高比例的回应，在文学之都领域内非常罕见。"南京愿意与世界文学之都一起为全球文化交流与合作做出更大贡献。

何同彬：南京入选"文学之都"以后，文学、媒体、学术、文化产业、教育等领域出现了很多"蹭热度"的现象，比如项目开发、课题申报、创意产品推广等，有的是出于为"文学之都"建设尽绵薄之力的朴素的责任心，有的也难免带有功利之嫌，所以如何正确引导作家、读者、普通民众和相关机构、产业恰当地对待南京"文学之都"这张来之不易的城市名片，应该是我们下一步亟待解决的问题，你对此有什么建议？

袁爽： 自申报成功以来，"文学之都"受到各方越来越多的瞩目。尤其是南京的市民，有着超出想象的热情。前段时间有市民来到我们办公室，说看了毕飞宇老师的节目，深受启发，也要来当志愿者，还郑重地带了简历，做了自我介绍，表示要为南京的文学之都建设出一份力，意愿强烈，当时的场景也是特别感人。文学之都是授予一个城市的荣誉，对于品牌的使用，联合国教科文组织有着非常严格的规定。我们将加大力度做好文学之都宣传工作，从文学之都的理念、内涵、使命到责任，希望每个市民都能脱口而出，每一场活动都能参与其中，让"文学之都"深入全体市民的日常生活。让我们换一种热爱的方式，一起来守护世界"文学之都"这个南京特有的、来之不易的、令人仰望的城市荣誉。

袁爽，南京文学之都联合国教科文组织官方联络人（Focal Point for Nanjing, UNESCO Creative City of Literature）、促进中心主任。

阅读，重新定义城市生活

何同彬　李伟长

近几周，已经举办了十七届的上海书展可谓"出彩"又"出圈"，吸引了全国出版界、文学文化界、学术界以及众多读者、媒体的广泛关注。来自书展现场的报道、照片、活动资讯已经在微信朋友圈等社交媒介上霸屏多日。常态化阅读、丰富又专业的活动"盛宴"、不设限的服务半径、媒体融合、线上线下、破圈出圈……别的书展或文学活动还在摸索、尝试的很多内容和形态，在上海书展及其品牌活动中早已经成规模、成体系、成标准。王安忆说，上海人有20年的繁华旧梦，"这梦是做也做不完的，如今也还沉醉其中"，"他们做起梦来有点海阔天空的，他们像孩子似的被自己的美梦乐开了怀"。梦想成就现实，近十年，"魔都"自由的"海阔天空"给当代城市的文学生活带来了太多的"上海标准"，书展的标准、读书会的标准、书店的标准、期刊选刊的标准、国际文学活动的标准、青年写作的标准，乃至文学趣味和文化趣味的标准。如今，这座城市带给我们任何的文学惊喜似乎都是情理之中的，对，这就应该属于上海，这就是文学的上海：

活力、多元、开放、专业……这座城和它的文学生活除了让这座城市里的人"乐开了怀"之外，我想也应该给其他城市的文学从业者和城市管理者带来一些有益的启发。因此，今天我就特别邀请了此次上海书展重要的参与者、青年评论家、思南读书会策划团队成员、上海文艺出版社副社长李伟长，听听他理解和认识的"文学上海"。

文学活动复制有难度

何同彬：今年的疫情其实给这次的书展带来了很多的困扰，但上海专业的团队不仅克服了困难，而且还有很多的创新，除了媒体上普遍报道的线上线下互动、媒介融合、"+书店""+阅读"、安全与出彩并重、十个"七系列"、"作家餐桌计划"等以外，你觉得今年书展还有哪些特点、亮点值得向其他书展或文学活动推广的？

李伟长：文学活动有很神奇的一面，就是复制有难度。因为一个地方有一个地方的特点，此处兴隆，搬到别处未必合适。北京有北京的好，上海有上海的好，南京有南京的不可替代，各自不同，各有特点。今年上海书展是第十七届，这个数字很重要，用十七年在做一件事情，还是细致的上海同行在做，出彩也在情理之中。活动方面，如你所说有不少加法，也有从线下往线上转移的做法，但我个人觉得最大的亮点是书展筹备工作的细节，怎么做到安全与出彩？考验的不仅是参展的出版社，根本还是在组织方。最大的亮点就是上海书展不仅在非常时期照常举办了，还能有不少令人耳目一新的内容，折射出的是一座超大型城市的现代化治理水平和能力。

上海的文学氛围和传统

何同彬：上海这么好的文学氛围，不同的行业、资源之间友好的合作关系、强大的整合能力、高效的执行力，以及在文学活动的内容、形式和文学空间的开拓、建构方面体现出的源源不断的创新思维，这背后是有着固定的团队筹划、分工，还是其运行中遵循着某种固定的规则呢？或者简单地说，作为持续的、大型的、综合性的文学活动，这一切是如何落地、实现的呢？作为一个同样组织文学活动的"同行"，我对此很好奇。

李伟长：其实和你一样，我对这些问题也很好奇。虽然我自己身在其中，但似乎也讲不出一个标准答案。上海城市阅读氛围的确令人羡慕，有一种结构性的布局，丰富又相互连接，一个很重要的原因，是以上海书展为中心的城市阅读活动和空间在发挥作用。当上海书展在展馆之外开设分会场，将许多书店和阅读场所列为分会场，并将不少偏深度解读的活动放到这些书店，馆内馆外形成互动，就自然地形成合力，呈现出一种全城性的文学场域。这当然需要总体规划，上海书展组委会匠心独运，积十几年之功，方有今天的样子。如果要说遵循了某种规则的话，那就是以读者为中心，尤其是那些普通读者。今年为读者入场所做的防疫工作之深入细致和耐心，来过的读者都能感受到。近年来上海书展都有一千多场活动，今年也不例外，线下活动有700多场，线上活动有300余场，这会是一个趋势，在疫情来之前，线上交流其实已经有规模了，疫情让线上变得更加自然。

何同彬：上海书展、思南读书会等不过是上海的文学生活的一个缩影，近现代以来上海就是重要的文学中心，从"海派文学"到"上海文学"，再到如今的"文学上海"，你也在上海生活、工作了多年，既是新上海人，又是上海培育出来的"文学人"，你觉得这座城市有什么样特别的属性或文化精神，使之在中国城市的文化形象、文学形象的建构和影响方面始终领风气之先？

李伟长：何老师这么赞美上海，是不是有心投入上海的火热生活啊！我来上海16年，大部分时间与文学界有联系，感受最深的一点，上海对年轻人很关注，很宽容，就像一种传承，前辈带后辈，名家提携后学，同辈之间也有差异化，不管是搞创作的，还是写评论的，大部分优秀的都是各有各的样子。我说不清这是地域属性还是上海独有的文化精神，听得最多的就是师生之间的故事，很多师长都乐意为年轻人作嫁衣，这会相互影响，代际相传。

比如上海的作家梯队结构就很合理，50、60、70、80、90各个年代的作家都比较齐全，90后作家王占黑、王苏辛、吴清缘等人都有全国影响力。一个群体的形成除了个人的努力之外，与一座城市的文学氛围和传统息息相关。有天赋的年轻人如何被识别出来？考验的就是整个城市的文学系统是否有这个能力和储备，靠硬造硬推是不太可能实现的。与之相呼应的是上海的评论家队伍的完备，一座城市的评论研究队伍如果足够强大，会促使作家队伍的健康生长。

文学活动提供了一种见面方式

何同彬：艾布拉姆斯提出，文学作为一种活动是由作品、世界、作家、读者共同构成的，但以往我们更多关注的是孤立地关注这四者，或者完全在传统的文学意义、文学理论方面考察四者间的关系，文学作为"文学活动"相对来说是比较抽象的、学理化的。现在文学活动的社会学、媒介、商业、空间的属性越来越突出，包括书展、读书会、文学周、分享会等，你觉得为什么我们现在的城市和读者需要这么多的文学活动？为了避免这样的文学活动变得过于功利化、新闻化，你觉得作为文学活动相关选题的策划者、执行者，应该注意些什么？

李伟长：我参与过思南读书会，始终记得总策划孙甘露先生讲过一句话——无论世界怎么变化，人和人都是需要见面的。文学活动可能提供了一种较为体面又舒适的见面方式，尤其是在今天的手机屏幕时代，见面会成为一种迫切的需求。从这个意义上讲，线下文学活动不会消退，反而会迎来新的增长。阅读空间越开越多，当然和政府推动、鼓励全民阅读和实体书店的举措有关，但也和城市人群的精神需求有关。举个例子，如今的城市街道，除了咖啡馆，能够供人停留坐一坐的地方也就书店最为便利了。

你说的功利化和新闻化，我的想法可能和你有点出入，为什么要刻意避免呢？且不说能不能完全避免掉，只说功利和新闻意识都会一定程度地存在，无法做到完全的纯粹，那选择共存会不会更理想一点？当然策划人和执行者的初衷很重要，是为沽名钓誉，还是真心热爱这件事？不同的出发点，走的路径也会不同。上海书展、上海国际文学周、思南读书会能够有口碑，和参与者的公益心有关系，大方向准了，公心有了，就可能走得远，不容易搁浅。当阅读成为城市生活不可缺少的一部分，读书会遍地开花也是好事，退一万步说，总比没有好。可能我比较乐观，倾向于想象来参加文学活动的人都是热爱阅读的人，不然多少会觉得沮丧，客观上我们知道不可能每一个人都是理想读者。我理解何老师所担忧的，就是有些读书会会失掉了阅读分享的初心，这是代价，也是无法剔除的成本。

南京的文学资源令人羡慕

何同彬：你策划、参与的思南读书会已经走到了第六个年头，从思南文学之家读书会，到思南读书会，直到如今以思南为名的一系列文化系列品牌（包括思南读书会、思南书集、思南书局、思南书局·诗歌店和《思南文学选刊》等），"文化思南"的金字招牌已经在全国文学、文化界产生了极大的影响力和号召力。作为具体活动的重要的策划者、执行者，你觉得思南品牌的成功秘诀是什么？南京去年成功入选了世界"文学之都"，在城市文学品牌建设方面还需要向上海、向思南学习，如果南京也要建立一个效仿思南的读书会，你有什么建议？

李伟长：何老师抬爱了，我只是思南读书会的一分子，我去年转岗到上海文艺出版社之后，我原来的大部分工作由青年作家王若虚接手了。思南读书会的策划团队有一个很大的朋友圈，灵魂人物是总策划人孙甘露老师，此外还集聚了上海许多知名的青年作家、批评家、翻译家、媒体人和出版人等，共同为思南读书会出谋划策，随着合作的出版社越来越多，这个朋友圈也在不断扩大，好书好作者和好选题会汇聚起来，不知道这算不算一种"秘诀"？单打独斗的时代过去，现在是合作共赢的平台时期。平台思路就是搭好台请名家新锐来唱戏，靠策划者自己生产内容，一段时间内可以保证质量，长此以往不太现实，思南读书会五六年来邀请到了一千多位嘉宾，相当于一千多个知识生产者和传播者在此集中流转，其价值和效应是成倍放大的，作者、读者、媒体传播者和出版人找到了彼此能懂的表达方式在交流，这就是平台的价值。当一个平台的价值导向被认可后，平台也可以相应地识别、传播一些不太被人知晓的作家作品，就像思南读书会也在推青年写作者和学者，因为读者和媒体信任思南，这种信任的建立说到底是时间的胜利，是做事者长久耐心的回报。

思南读书会走过了六年，随之诞生了思南书局和《思南文学选刊》等延伸品牌，不断丰富一个品牌，让它变得枝繁叶茂，不知道算不算得上是一种建议？期待南京和上海有更多的交流，就像你参与的南京/上海的文学双城记就是绝妙的文学现场。上海做全民阅读推广活动，充分运用了"政府引导、专业机构支撑、社会化运作"的思路，政府部门、作家协会和国企思南公馆等多方资源的汇聚合作，彼此信任、各行其是，当然关键因素还是做的人，即执行者。无论是作家，还是批评家，闻名遐迩的书店，抑或是文学硬性投入，南京的文学资源令人羡慕，也有像何老师这样乐意做事的学者，一切都让人期待。

李伟长，青年评论家，现任上海文艺出版社副社长，思南读书会策划人之一，中国现代文学馆特聘研究员，著有《人世间多是辜负》《珀金斯的帽子》等。

"阅读"的发生，或中止
——关于《船讯》的一次"浅尝辄止"的对谈

鲁敏　何同彬

鲁敏：我觉得我们找书的过程本身，就有点意味，本以为这是分分钟就能达成共识的易事——书海纵然辽阔，新书固然层出，好书总是有限的，我们也是差不多同类榜单反复冲洗的被投食者，而在这样一个不大不小话语体系里，由写作者、译者、出版人、批评家、书评人等共同形成的"朋友圈"里，总的阅读审美必也有某种趋同之险。没料到，我们先后碰了三次，像是两个初次合作的小生意人，愣是在选择书目上"谈不拢"、达不成共识，两人提出的"已读书"找不到共同阴影部分，不，确切的说，有共同阴影部分，但我们在讲出口的同时又会直摇头，都觉得"那个啊，看是看过，但不太想谈……"，也就是说，那"共同阴影"部分的价值、质地，最起码其延展性与生命力，或有可疑。而它们恰恰正是我前面所提到的，"审美趋同"体系里的热门读物。对此，不知你如何看待，我倒是惊讶又有感触，并觉得有种欣欣然。

也就是说，尽管媒体、推送、榜单、朋友圈等把我们都折磨得（自我选择、甚至与有荣焉的折磨）得目迷五色、胃口崩坏，但某种强大的、自带生命力的阅读本能与顽固趣味，还是像DNA一样，塑造和构成了每一个体的阅读，我想这不是因为我们是作家和批评家的区别，后面这一所谓疆界之别目前已被一大群你的同行，质量和份量皆相当可观的同行所打通，主要是因为，阅读是殊为个体之事，差不多也是为数不多的私人空间所在，它充满了自由自在、关尔何事的偏见与傲慢，带着几乎是多年养成的固执与懒惰，或者是越老越升级的保守与放纵，这实在值得怂恿的一桩快事。

而再回到两个小生意人那个比喻，只有货物特产不同，这生意其实才有做头。当然，要有一个计量筹码。所以，最终我们，在不得不定下书目的最后一天，我们讲定了用《船讯》来做度量衡。

何同彬：我不知道把你所说的"共同阴影"与布鲁姆所说的"同一种天性"联系起来是否恰当，他在谈到阅读的时候说："我促请你寻找真正贴近你的东西，可被用来掂量和思考的东西。不是为了相信，不是为了接受，不是为了反驳而深读，而是为了学会分享同一种天性、写同一种天性去读。"按照这样的阅读逻辑，我们俩作为"读书人"找到一本符合"同一种天性"或"共同阴影"的书并不难，操作一个目前任何媒介都还觉得过得去的对谈也还容易，但悖谬的是，我们仍旧宿命般陷入了"难产"的尴尬局面，对此也许我应该负主要责任。大约在25岁左右的年纪，我就患上了严重的文学文本"厌食症"，病因大致如下：一方面，此前几年出于考研的功利目的和文学青年有关自我修养的虚荣心，我按照文学史和"排行榜"的提示阅读了大量文学作品（尤其当代中国作品），导致消化不良，甚至败坏了胃口；另一方面，在学院文学教育营造的"理论焦虑"的阴影里，没头没脑地恶补了诸多门类的理论著作，学会了用理论框架粗暴地框套和肢解文学作品，以至于逐渐丧失了"阅读的乐趣"；最后，也许是"最致命"的原因来源于日益积累的"失望"，在作家及其作品那里得不到任何有益的启示——包括智性和美学的，即便是一些已经经典化的文学作品，无论是个人阅读感受还是权威解读，都经常无法说服我去"爱上"或"尊重"它。所以，我曾经非常"鲁莽"地断言：一个人过了45岁仍旧保持大量阅读文学作品的习惯，是心智不成熟的表现。好吧，这句话显然"冒犯"了你，看你的公号"我以虚妄为业"，了解到你替我和诸多"假读书人"读了很多难读或不难读的作品，让我唏嘘感佩不已，并开始对于我的阅读偏见和局限进行调整。但调整的过程很艰难，拆除那些阅读中私人性的"偏见与傲慢"、"固执与懒惰"、"保守与放纵"并不容易，甚至于在调整过程中，关于是否要"拆除"它们也时时会产生动摇，毕竟，那些积习已经成为我的阅读得以发生的基础。

批评家认为批评可以指导和校正大众阅读口味，甚至于行使"启蒙"和规训，这种观念显然已属妄念，而那种依据特里·伊格尔顿的《批评的功能》，把批评与哈贝马斯所谓"公共领域"联系起来，从而使得批评实践参与到公共意见、市政辩论、社会进步和文化自我创造中去的想法，就更显得不合时宜、荒诞不经了，所以，现在能够看到的批评多数属于职业性批评。职业批评服务于文学生产，匹配的是职业性阅读。我们这个阅读衰朽的时代，恰恰是以层出不穷、源源不断的职业阅读和职业批评的繁荣为表征的。评论家和作家（还有文学记者）都积极地参与到这种病态的繁荣之中（所以你说的作家和批评家的区别其实并不大），到处都在"谈论"作品，到处都在进行着有关于作品的发言、演讲、对谈、对话、访谈……在一个不坦白就显得不够真诚的时代，我们一再强调的阅读的私人性变成了阅读的公共性，大家竞相展示的是自己高超的阅读能力和高端地"谈论"作品的能力。但是结果呢？

为了避免职业批评和生产性、广告性文学谈论滋生的随意，从一开始我就希望选择一个恰当的讨论对象，然而"恰当的"讨论对象并不能决定一次对谈就一定是"恰当的"。一次恰当的对谈永远可遇不可求，就如同在这样一个时代找到两个真正的"讲故事的人"和"听故事的人"是极其困难的一样，讨论的主体和讨论的对象都不是根本问题。因此，我们是讨论《船讯》还是一本菜谱，或者一个作家的绯闻，其实区别并不大。在展开一次煞有介事的文学对谈之前，说出以上的"丧气话"并非"故作高深"，而是我稍微严肃地思考了文学阅读和"谈论"之后的某种直觉反应。

鲁敏：特别高兴最后我们定下的是《船讯》，连这一次，我是第三次读它了。仍然读得那么投入和激动人心。火车上，疲劳中，心绪不宁，都丝毫不影响对它的阅读以及这种阅读对精神上的莫大慰藉，以及对安妮·普鲁这一高段位专业选手的莫大敬意。所以我对这本书所想谈的，可能会侧重技术层面，这比较低级。高级的部分，你来。

安妮·普鲁不需要介绍吧，得过普利策和美国国家图书奖（皆是《船讯》），还有福克纳奖、薇拉文学奖等，但都不如讲一句：《断臂山》原著作者，那所有人都会点头了。事实上，这本书2006年就出中文版了，译者马爱农则在1998年就译出来了，而安妮·普鲁写作此书的年份，则要推到1993年，比《断臂山》早四年。那一年，她58岁。想到她到58岁写下此书，此后又陆续写下《手风琴罪案》《近距离：怀俄明故事》（即《断背山》）和《老谋深算》），到最末这本，已经67岁了。67岁啊，我不由的就有了跟我其实也没啥关系的激动之情。只要有种、有料、有本事，真的能写到很老啊。这是题外话。

你喜爱《船讯》吗，我还没有问过你，它的什么最打动你。

我实用主义，就喜欢从技术来看小说，看电影看戏什么的我就不太会那样。这其实也违背阅读本质。但《船讯》实在堪称是老熟、努力、用心的模范，经得起这样看。

我一直觉得，这本书几乎都可以换一个书名《绳结》，绝不是因为书里每一章的开头都讲了一种绳结的打法，而是全书的气质与走向，非常像把故事的自然地域背景、主人公职业、生活、爱、死亡等要素，两两交缠，或几股子相拧，给打成了各种似松实紧、越抽越紧，但又会在某个节点卡住，再一用力，从最紧到滑脱，再恢复成海面一般的平静，成为几条仿佛什么恩怨什么纠葛也没有发生过的绳子。但那只是表面。有经验的水手、了不起的写作者，都会在绳索上，摸索到所有那些曾经打过结的粗糙与阻隔之处。那些，是受难也是馈赠。

不小心抒情了，其实最想说的是，安妮·普鲁的这几根绳子，本身就有异处。绳子一：故事的主要地理背景是纽芬兰岛，布鲁克林大都会只是"别处"和"来处"，主战场为极寒凶残气候，那些频繁造访、从不空手离开的风暴，总会顺手卷走房屋、船只与亲人。这条绳子非常之粗壮，几乎控制了整个故事的色调与温度，控制了当地人对生活和生命的态度与力度，其粗糙与凛冽，以及其下对温存与爱的巨大渴求，成为整个小说极为吸引人的异相所在。

与此同时，安妮还有另外一两根稍细的、但同样棒极了的绳子，即小说人物所涉及或置身于的行业或领域，乍一听似乎也没什么：一是在整个小镇占绝对主流的渔民与渔业（正在式微、但依然腥味十足）、二是地方小报的几个职员（趣味促狭乃至有点迎合和引导下流之道：在头版刊登惨烈灾难照片，如没有发生也用库存照片来填版面；长期编造各类性猥琐案件，并加上诸多绘音绘形的细节描写）、或可再加上姑妈所从事的船舶装潢业。差不多就是这样。可是，看看普鲁是怎么写的：仿佛她真的在这个小镇呆了大半辈子。比如，她里面写到失业者与政府打交道的回环式过程、写到造船老手如何选木头，写到一次剥海豹的全过程，写到小镇圣诞晚会上的某场讽刺表演，写到初次开船的奎尔遇险落海、写到老人比利在浓雾中驶过暗礁的漫长过程等等。我敢打赌，这些绝非"百度经验"，译者也在后记里介绍到，为此，普鲁女士数度前往纽芬兰海岸，并在那里长久逗留。这是"蹲点采风"或"体验生活"吧——这么一讲好像很搞笑很解构，大部分人都很瞧不上这两个词，觉得土极了，蠢极了。生活、哼、谁不是活生生的浸泡里在头，体验什么、蹲什么？其实还可以看看她名声远扬的《断臂山》，对牛仔生活的独特笔致，也绝不会是问几个朋友、找几个链接就能应付完事儿了的写法。因此还是转为一本正经吧，从安妮·普鲁在本书中有关区域地理和行业专业之原貌再现的这种功夫，来反躬自照我们的写作。

一个前提是"现实主义",这里不涉及:先锋、魔幻、现代、科幻等。当然,我们顺便也可以发现,这些流派或风格上的代谢,是一步步在背弃和抛却对"现实"和"真实"的依赖,这是写作者们的自我解放路径,并由此派生和创造出了新的审美,这里不去岔开。但古典调子、现实风格仍然老而弥坚,并常能让人们为之叹服。因此,重新讨论我们对现实绳索或基石的建立,总是有当下意义的。

这方面,作为一个在途的写作者,我是有体会的。写作中,不管用什么流派或主义,但总不会是一直飞的鸟,总会要地面或枝头或石上歇一下,换口气,这个时候,你会清楚的知道,你哪里腿软或脚虚。纵然你有许多高级或低级的手腕来掩饰这些(比如梦境呓语、蒙太奇跳转、第三者转述、把日历强行翻过),但心里你比谁都清楚:这种场景或领域,真不太熟,算了,换个行当,换个地点,换个城市……等等吧。于是我们会在我们的小说里,看到一大堆含含糊糊、亦此亦彼的人物。中年妇女是一样的,老男人是一样的,性苦闷是一样的,城里的月光是一样的。自杀的方式是一样。我们还美其名为:普遍性、典型化、概括化,东处鼻子西处耳朵等等。更不用说,心理学上有个词,叫"共情",常被大家奉为至上:"是的,我不太了解那个行业,但我了解人性里的沟沟壑壑,这些都是共通的嘛。写作就是达到一种'共情'……"这有时成立,有时就是歪理——万能的虚构者怎么样都可以自圆其说,总之你不能拿"真实"来镣铐文学,尽管事实上可能只是因为我们手里还没有足以形成特有情境的结实原材料。

因此这回再读普鲁,让我的某种犹豫更加重了。在凌虚蹈空、不顾一切地《奔月》之后，我开始隐约地构思起新小说，但每每一想到现实资源与功夫这一条的软肋，我就心生大畏并在内心反复警告自己：要小心！

何同彬：其实，你已经谈得很"高级"了，作为一个缺乏足够耐心的文本"性冷淡者"，从情绪和技术的层面真正进入《船讯》的内部对我来说并不容易。所以，看了你以上的感受之后，我突然觉得有必要重读这部作品，我看到了一个真正用心的阅读者如何在文本的肌理和情境中扩展、想象，培育朴素的阅读小说的乐趣、追寻一颗比我们的心灵更具原创性的心灵。而我从一开始就执念于从这部小说"获得"什么，或者说，总是向自己发问："阅读这样一部励志作品、成长小说、生态文学的意义是什么？"自《船讯》出版以来，关于它的各种赞誉、研究和阐释，似乎已经穷尽了这部作品所有的可能性和向度，诸如"救赎和治疗"、"人类精神的复活"、"一个甜蜜而温柔的爱情故事"、"失败的英雄"、城市人的道德困境和认同危机、逃离城市回归自然的"返魅"等等，使得我在阅读前和阅读的过程中始终被主题和意义限定在一个非常狭小的空间之中。我一度把《船讯》与你的《奔月》联系在一起，奎尔跑到纽芬兰，也不过是一次与"逃逸"和"解域"有关的"奔月"行为，从而想到劳伦斯所说的文学的"最高目标"：离开、离开、逃逸……越过一道地平线进入另一种生命……但是在这样一种阐释逻辑中，我并没有看到安妮·普鲁在《船讯》中绘制出了多么惊人的"逃逸线"，而且最后奎尔重生的"圆满"显然斩断了这条可能带来惊喜和突变的"线路"或"管道"，似乎间接证实安妮·普鲁并不是一位有着足够的野心和形而上学渴求的小说家……这样说是不是很"高级"？我在那些通过引用海德格尔、福柯、泰勒和一大堆生态理论专家的"学说"从而炮制出很多有关于《船讯》的论文之后,为安妮·普鲁带来了德勒兹和劳伦斯,还有可能延伸出巴塔耶的"内在体验"和齐奥朗的"解体","逼格"显然足够高了,但阅读的乐趣或者说你问我的"《船讯》最打动我的地方"这样的问题,就被理论和理念"榨干了",剩下一些干巴巴的结论或似是而非的推断。

而你的"作家"视角的解读方式,或者说直率又敏锐的阅读感受,一开始就绕开了关于《船讯》的那些理论性"虚伪套话",一下就切中了安妮·普鲁扎实、动人的"现实性"。莫里斯·迪克斯坦在讨论"文学与现实世界"的时候曾经宣称:"即使在今天,'现实'一词表达的仍是敬意,而不是妄想。"当下中国很多作家对"现实主义"颇为不屑,缺乏对"现实"和"现实性"的足够尊重,也不愿意为实现坚固而动人的"现实性"付出汗水和时间的代价,只是不断繁殖出大量的玩弄修辞和形式技法(也即你所戏言的"高级或低级的手腕")的轻浮无根的小说劣作,其价值和意义甚至不如那些机械反映论主导的浅薄、粗糙的现实主义作品。这几年颇为流行的詹姆斯·伍德关于现实主义有一段话我颇为认同:"现实主义,广义上是真实展现事物本来的样子,不能仅仅做到逼真,仅仅做到很像生活,或者同生活一样,而是具有——我必须这么来称呼——'生活性'(lifeness):页面上的生活,被最高的艺术带往不同可能的生活。……而这个问题难得没底:对于那些视已有小说技巧不过是因循陈规的写作者而言,必须想办法比不可避免的衰落棋高一招。真正的作家,是生活的自由的仆人,必须抱有这样的信念:小说迄今仍然远远不能把握生活的全部范畴;生活本身永远险些就要变成常规。"小说家不是要躲避现实和现实主义,而是要躲避书写现实能力的"衰落"和把生活变成"常规"的小说积习。《船讯》在呈现"现实性"方面的启示,不仅仅是安妮·普鲁在纽芬兰的"蹲点采风"或"体验生活"(她用心做了太多的地方志和心灵史的准备),更在于她能够在即便很充沛仍然是局部的"现实经验"之中,构筑出拥有丰富细节和触角的"人类情境",从而真正实现帕慕克"小说是第二生活"的定义:"小说显示了我们生活的多样色彩和复杂性,其中充满了似曾相识的人、面孔和物品。我们在阅读小说的时候,恍若进入梦境,会遇到一些匪夷所思的事物,让我们受到强烈的冲击,忘了身处何地,并且想像我们自己置身于那些我们正在旁观的、虚构的事件和人物之中。"现在回忆《船讯》的"绳结"处那些迎面而来、倏忽而去的人物和场景,那些简洁、粗犷的语言下有关命运、职责和存在的饱满情绪,我就会特别认同你的这句话:古典调子、现实风格仍然老而弥坚,并常能让人们为之叹服。但对于一个小说家而言,做到这一切并不容易,所以你的自我警醒是必要而恰当的:要小心!

鲁敏: 谈完安妮·普鲁的几根粗大绳子。我们来谈一下最早促使我们选择此书的一个重要原因吧,即:在本书里,安妮·普鲁以失败者作为主人公、或者说以一群失败者作为主人公的独帜之举。此书写于25年前,现在提起仿佛也没什么,尤其在当下写作语境中,我们的周围我的同行,可以排出一大溜名字和作品(包括《六人晚餐》),以"失败者""破落者""畸零人"作为主人公,似乎有点从小道而大道乃至"文学性正确"的潮流之趋。比如说,两部作品,一部是残败者负重者苦痛者,有一部是中产者得利者油光水亮者，那么常常会被这样认为：前者是文学意味的、深刻的、值得传播和分析的，是有眼光的和立场的。而上流、主流与中流者，啧，能有什么像样的痛苦与沉沦呢，那是温室花朵之无病之吟，是不配、压根不具备文学性的。就算有吧，最多是盖茨比式的繁华中的落寞与反讽，有那么一两部也就是够了。从文学路径或捷径上讲，我们更看重、更愿意选择从污浊和深渊中去搅拌和凝望，把苦哈哈的叹息般的文学再往苦痛与叹息的纵深里推入一千米。

上述也不是说不对。我想说的是：就算在某一个阶段，尤其整个社会大多数人把当成功当显学的背景之下，文学来做失败者的强力代言与书写，也是对的，是应有之义的申张与调整，但这里或有两个问题：其一，对某一格调的有意着力，不应当就意味着对另一种方向的排斥和忽略，唯素为美而一彩即错，就比如相当轻捷地信口批评"中产阶级写作"一样，起码这是一个需要谨慎思考、多维度观察的话题。其二，失败者叙事的格调。苦中作乐、向往美好是侧重主旋律的；咸鱼翻身、自我成长是肤浅励志的；丧、进一步地丧则稍许深刻一些；而若能索性万劫不复、报复人类、坠入深渊，不错了，是社会学与心理学意义的探索与刺探了，值得赞上一笔……这是不是我们长期以来习之不察的一种文学逻辑？看《船讯》时，我会不断想到这些问题，普鲁女士谋划过什么策略了吗？

举一个小例子，《船讯》里写到一位想离开这个封闭、衰落小镇的小报记者（男三号男四号了，并不特别重要的角色），他准备了很久，现钞上、货物的准备上、小船的整修上、心理的自我建设上、对周围人群的反复宣讲上等等（但上述都写得不夸张，就偶尔提一下），但在送别狂欢聚会上，一群哥儿们喝得兴起，把他装满了食物与装备的小船就砍成两半、沉入海底，并由此引发一串麻烦。第二天，所有的人，包括那个"可怜的"走不了的家伙，大家一坐在岸边，相互解释和惋惜了一通，然后普鲁女士花费相当的篇目，由着众人七嘴八舌、热情洋溢地谈起鱼排、海豹、小虾、蟹等的不同做法，感到所有的人口水都要掉下来似的。我非常喜欢这似乎冗长、过分详尽的一大笔，你读到这里，就觉得牛。那往往正是人们在变故、意外、懊恼中常常会这么不近情理又自然而然的行为与对话，一种对生活本身依然有着爱恋与倚靠的笨拙本能。这是文学策略还是人性策略？是线性的还是绳结式的？越拉越紧的结，还是最终会松开的结？

上述例子还只是发生在一个所谓配角身上的，以此类观，你还会发现，普鲁笔下人物，主角、次角、老人、小孩、死去的妻子、现在的恋人等，确乎都有一种等量齐观、笔墨匀停的"兼爱"之法，看起来特别的舒服妥当，真可谓是一种"人人生而平等"的角色观。

写到这里，发此一问，主要是喝问我自己吧，我、我们到底该从什么角度，以及如何去定义和书写小说里的失败者（群），或者作为所谓对立面的另一类人？此与彼真的有对立性站位？有轻重高下？这大概早已不是写作的技术问题了，是艺术对审美对象的伦理与文明化程度的问题。

何同彬：是的，失败者和逃离是现代主体和现代文学的两个绕不开的母题，主体一般都是城市、都市性主体，逃离显然就是逃离都市生活和都市性存在。用西美尔的话说，"人们在任何地方都感觉不到在大都市人群里感到的孤立和迷失"，按照路易·沃伦把都市主义作为"一种生活方式"的悲观视角看来，城市被一团黑暗笼罩，令人窒息，"个人生活的混乱无序、精神崩溃、自杀、行为不良、犯罪、腐败堕落和犯罪"，所以奎宁这样的人物在纽约这样的都市不足为奇，而逃到纽芬兰也是常规的"自我救赎"方式。在描写失败者、零余人这一方面，安妮·普鲁显然和马克·吐温、辛克莱、德莱塞、刘易斯、菲茨杰拉德、海伦·凯勒、索尔·贝娄、契弗、耶茨、巴塞尔姆、雷蒙德·卡佛等诸多美国小说家置身于相似的"总体性"语境，他们的笔下有各种各样的失败的人格和追寻个性、自由的无望的人物。换句话说，现代性和都市就是"失败"的渊薮，而失败只不过是"现代病"和"都市病"之一种，如今的都市是"众症时代"，拖延、囤积、焦虑、注意力匮乏、选择性障碍、亲密关系恐惧、社交恐惧、语言学习狂热症、新媒介依赖……病症丛书，"日新月异"，所以你说周围的同行和你自己都在写失败的人群，而我的年轻同行们则在研究作家笔下的"青年失败者"，这些都是再自然不过的，因为你面对的就是这样的"总体性"和"普遍性"，或者这就是我们无奈而顽固的"现实性"。

至于偏执地着力于这样一种失败的、逆袭的、负能量的"格调"，是不是"意味着对另一种方向的排斥和忽略"，"是不是我们长期以来习之不察的一种文学逻辑"，我认为倒是没有必要深究，一方面，这就是我们无法抗拒的时代精神，反过来说在《金光大道》《艳阳天》的时代是不会出现《六人晚餐》和《奔月》的；另一方面，这样一种看起来过于同质化、一致性的倾向其实内部的异质性还是很丰富的，安妮·普鲁笔下的奎尔与卡佛笔下那些在贫困线挣扎的穷人、逃避现实的酒鬼和电视迷、不善沟通的孤独客以及精神麻木的道德堕落者们相比，显然还是有很大的不同的。所以，我不认为安妮·普鲁在写作《船讯》的时候会被这样的"逻辑"困扰，也不会为此准备特殊的"策略"。而你通过举例，证明安妮·普鲁在处理主次人物的时候，"确乎都有一种等量齐观、笔墨匀停的'兼爱'之法"，我既不认为这种"人人生而平等"的角色观有什么超乎别的小说家的过人之处，也不认为她真的在《船讯》中实现了这样的"平等"。当然，阅读是私人性的，我虽然不完全同意你的某些判断，但对于你分析文本的时候那种精确的技术性，和源出于小说家的敏感非常佩服，也很羡慕你从踏实的文本阅读那里得到了真正的乐趣。而我，就像我们关于《船讯》的这场对谈，似乎始终在"文学性"之外（上）徘徊，既找不到入口，也找不到出口。

　　鲁敏，江苏省作家协会副主席，著名小说家，出版长篇小说《六人晚餐》《此情无法投递》《百恼汇》等及多部中短篇小说集。曾获庄重文文学奖、人民文学奖、中国作家奖、中国小说双年奖。